मन की मनमानियां

deepanshu

मन की मनमानियां: दीपांशु

प्रथम संस्करण: मार्च, 2026

ISBN: 979-89-03425-21-1

प्रकाशक: नोशन प्रेस,

संख्या 50, चेट्टियार अगरम मेन रोड,

वानगरम, चेन्नई, तमिलनाडु – 600095

वेबसाइट: www.notionpress.com

ईमेल: publish@notionpress.com

फ़ोन: +91 44 46315631

MAN KI MANMAANIYAN

by DEEPANSHU

मुद्रक: नोशन प्रेस

भूमिका

कहा जाता है कि हमसे पहले डायनासोर इस पृथ्वी के सबसे बड़े और खतरनाक जीव थे। फिर कुछ ऐसा घटा कि उनकी प्रजाति इस तरह गायब हो गई, जैसे हम इंसान शहर बनाने के लिए पूरा का पूरा जंगल गायब कर देते हैं। खैर, हम इंसानों की यह बीमारी आज की नहीं, बल्कि हजारों-लाखों साल पुरानी है। यह वही बीमारी है, जिसमें इंसान पहले कुछ काम आसान करने के लिए आविष्कार करता है। उसके बाद उनके जो नुकसान होते हैं, उनका समाधान करने के लिए फिर कोई नया आविष्कार करता है। और ऐसे ही यह सिलसिला बहुत समय से चलता आ रहा है।

कुछ लोग कहते हैं कि इसमें हमारी कोई गलती नहीं है; यह तो सब पुराना किया-धरा है, जब हम शायद बंदर जैसे दिखते ही नहीं थे, मगर रहते थे। वह समय भले ही हमने न देखा हो, लेकिन हमारी धरती के साथ हमेशा दो चीज़ों ने इसका खूब आनंद लिया है, दिन में सूरज ने और रात में चाँद ने। क्योंकि शायद यही वे दो साक्षी हैं, जो उस समय से 'लाइव टेलीकास्ट' देखती आ रही हैं।

ऐसे ही सूरज और चाँद के साथ कुछ समय बिताते हुए, मुझे कहानियाँ मिलती रहती हैं। जिनमें से कुछ कहानियाँ और इंसान की 'मन की मनमनियां' मैं इस किताब के ज़रिए आप तक पहुँचाने की कोशिश कर रहा हूँ। आशा करता हूँ कि इन कहानियों के माध्यम से आपको यह पृथ्वी का सफ़र पसंद आएगा।

ज़िंदगी में मैं भी फिलहाल अब तक अपनी कोई कहानी नहीं ढूँढ़ पाया हूँ। जब ढूँढ़ने की कोशिश करता हूँ, न जाने कौन-सा डर या कौन-सा विचार है जो मेरे 'मन की मनमानी' करने नहीं देता। इसी सवाल की खोज करते-करते मुझे कुछ समय से मनोविज्ञान (Psychology) के विषय में काफ़ी दिलचस्पी होने लगी। मनोविज्ञान का विद्यार्थी होते हुए जब मैंने

दुनिया को महसूस करना शुरू किया, तो मुझे लोगों के भीतर की 'मन की मनमनियां' दिखाई देने लगीं।

दुनिया में हर इंसान कहीं-न-कहीं 'अच्छा' और कहीं-न-कहीं 'बुरा' कहला दिया जाता है, चाहे वह हमारे माँ-बाप हों, भाई-बहन हों, दोस्त हों, रिश्तेदार हों, या फिर कोई ऐसा इंसान जिसे हम जानते भी नहीं। फिर भी मैं तहेदिल से हर किसी का शुक्रिया अदा करना चाहता हूँ, खासकर अपने माँ-बाप, छोटे भाई और दोस्तों का। क्योंकि अगर आप सब इस दुनिया में न होते, तो आपका मन अपनी मनमनियां कैसे कर पाता और मैं आपके लिए ये कहानियाँ कैसे लिख पाता?

दीपांशु
देहरादून 2026

कहानी-क्रम

नकल करना हमारा स्वभाव है,
नकल करनी है या नहीं, यह एक सवाल है?
सवाल का सही चयन ही इसका जवाब है,
और यह जवाब नकल से आजाद है।

सवाल और समाधान?

यह कहानी उस समय की है जब हम इंसानी बंदर (होमो सेपियन्स) पेड़ो से नीचे उतरकर बिना हाथों का सहारा लिए चलने लगे थे। भाषा कोई नहीं थी हमारी, बस इशारों में लड़ा करते थे। कोई जब सोकर नहीं उठता था, तो समझ नहीं आता था कि अब इसे उठाए कैसे? जंगलों में ख़ौफ़नाक जानवरों से काफ़ी डर लगा करता था, तो ज्यादातर हम सभी झुंड बनाकर ही रहा करते थे।

अब दोनों हाथ ख़ाली हो गए थे, जो कि पहले चलने के काम आते थे, तो समझ ही नहीं आया इसका करे क्या? कभी आपने सोचा है, की अगर हम उस समय यह फैसला ले लेते कि क्या ही करेंगे पैरों पर चलकर, हाथों को फिर से इस्तेमाल करते हैं, ख़ाली तो है, इसी से चलते है। तो आज भी आप शायद जंगल में कहीं मंगल कर रहे होते।

मगर उस समय के लिए पैरों पर चलना आज की तरह नहीं था कि बच्चे का जन्म हुआ नहीं और एक दो साल के अंदर वो पैरों पर चलना सीख जाता है। इस चलने की प्रक्रिया को करीब करोड़ों साल लगे थे। उसके बाद हाथ के इस्तेमाल से क्या करे यह सोचने में और लाखो साल। आज कल तो इंसान के पास पूरी प्लानिंग होती है कि पहले यह चलना सीखेगा, फिर बोलना, फिर लिखना, फिर दौड़ना वगैरह-वगैरह। मगर पता नहीं, उस समय कौन प्लान कर रहा था की हाथों से क्या किया जा सकता है?

अगर हम हाथों से चलते रहते जैसे शेर चलता है, हिरण चलता है, हाथी चलता है, चींटी चलती है, तो शायद हमारा दिमाग़ ना चलता। यह जितने भी जानवर है, इन्होंने कभी भी अपने हाथ का हद से ज़्यादा इस्तेमाल नहीं किया, इसलिए शायद दिमाग़ का भी इस्तेमाल नहीं कर पाये, और इसलिए इनकी वजह से दुनिया का कभी माहौल डगमगाया नहीं। मगर हम बंदरों ने बहुत ही सही तरीके से विचार करना शुरू किया जिससे हमने, आग जलाना सीखा, शिकार करने के लिए हथियार बनाने सीखे और ऐसी बहुत

सी उपलब्धियां हासिल की जिसके लिए हम अपने आप को शाबाशी देते रहते है और बाक़ी दुनिया में किसी भी जीव को कुछ फ़र्क़ नहीं पढ़ता।

ब से बंदर यानी बीड़ू

ऐसे ही एक उस समय पर बंदर था, नाम आपकी आसानी के लिए उसका बीड़ू रख देते है, अपनी जिंदगी में कहीं भटक सा गया था क्योंकि उसके मन में एक सवाल अटक सा गया था, जो उसकी जिज्ञासा को दिन प्रतिदिन बढ़ाए जा रहा था।

बीड़ू की ज़िंदगी बहुत साधारण सी चल रही थी। बीड़ू के पास दो रास्ते थे, और उसे एक का चयन करना था, जोकि बीड़ू नहीं कर पा रहा था। ये चयन करना इतना आसान नहीं होता है, क्योंकि हमे कभी चयन करना सिखाया ही नहीं जाता है। हम बंदर तो बस एक दूसरे की नक़ल करके जीते चले जाते है। लेकिन अब बीड़ू का मन चंचल रहकर नक़ल नहीं करना चाहता था। यह चाहता था एक अलग तरीके से सोच पाना जिससे उसकी ज़िंदगी बेहतर हो सके।

यह जो बीड़ू सोच रहा था, वैसी सोच उस समय लगभग हर बंदर के पास आ चुकी थी, मगर फिर भी, सिर्फ़ सोचना काफ़ी नहीं होता, पूछना भी बहुत जरूरी होता है। कभी पूछा है आपने अपने आप से की - “इस दुनिया में आप हो क्यों? क्या मकसद है, जीने का? क्या किया ज।ये की इस रावालों का जवाब मिल सके?”

बीड़ू और आगे जाता तो दिखाई पड़ता कि कुछ उसकी उमर के बंदर एक झुंड बनाकर लकड़ी इक्कठा कर रहे होते थे। उसमे से सबसे ताक़तवर बंदर उनका मार्गदर्शक था। बीड़ू भी कभी इस झुंड के साथ काम किया करता था मगर उसका ताक़तवर बंदर से पंगा हो गया, तब से बीड़ू इस झुंड से थोड़ा सा बचकर ही रहता था।

बीड़ू को भी लकड़ियों की बहुत ज़रूरत होती थी, मगर अब बीड़ू उस ताक़तवर को और ताक़तवर नहीं बनाना चाहता था क्योंकि वो ताक़तवर बंदर सबकी इकट्ठी की हुई लकड़ियों में से ज़्यादातर अपने पास रख लेता था और बची हुई बाँट देता था। अब समस्या यह थी कि लकड़ियाँ आयेगी

कहा से क्योंकि रात को लकड़ियाँ जलाना और बाक़ी जंगली जानवरों से बचकर रहने की आदत हो चुकी थी। इस इलाके में इकट्ठी करता तो पूरे झुंड से बहस करनी पढ़ती।

मगर क्या हैं, बंदर के अंदर जब इंसानी दिमाग़ काम करता है, तो वो भागता नहीं है, समस्या का समाधान ढूँढता है। बीड़ू को भी इसका समाधान मिला, थोड़ी ज़्यादा महनत थी, मगर निर्भरता नहीं। बीड़ू जब लकड़ियाँ इकट्ठी करने जाता, तो अकेले किसी दूर इलाक़े में चला जाता, ताकि किसी भी झुंड को पता न चले।

कुछ और आगे जाता तो झगड़ा जैसा सुनाई पड़ता, जहां पर बीड़ू देखता की एक बंदर और बंदरिया इशारों में एक दूसरे पर हावी हो रहे होते थे। वही पर उनका नन्हा-सा बच्चा पेड़ चढ़ना सीखता, कभी लटकता, कभी गिरता, फिर बंदरिया यानी उसकी माँ से मार खाता और शांति से कुछ देर के लिए बैठता और नजरे बचाकर फिर पेड़ चढ़ता, कभी लटकता और कभी...

इस नज़ारे की यह ख़ास बात होती कि इन्ही छोटी-छोटी चीज़ों में इस छोटे से परिवार की ज़िंदगी चल रही थी। बीड़ू को अपनी माँ का चेहरा उसकी माँ में नज़र सा आता था और किस बंदर का बाप कौन है कुछ पता नहीं रहता था, तो फ़िलहाल बीड़ू को भी यह नहीं पता था।

बीड़ू जब और आगे बढ़ता तो कुछ आवारा बंदर पेड़ो की ऊँचाइयाँ छू रहे होते थे और मस्ती में मगन होते थे। न उन्हें पेड़ से गिरने का डर होता था और न उन्हें अभी लकड़ियाँ इकट्ठा करने की कोई ज़रूरत थी। वे पूरे जोश से पेड़ो पर करतब करते और बंदरियों को आकर्षित करने की कोशिश करते। पूरा दिन यहाँ-वहाँ के नज़ारे देखते और उसी में गुम रहते।

बीड़ू को भी ये देखकर अपने दिन याद आते थे, शायद इंसानी दिमाग़ की मेमोरी का विकास होने लग गया था। बीड़ू को यह भी याद आता की वो भी कभी बंदरियों के पीछे लगा रहता था। कुछ ही दूर से काफ़ी देर तक, इन शैतानी बंदरों को देखता रहता और उनमें अपने आपको फिर से खोजने की कोशिश करता, मगर खोज न पाता, क्योंकि बीड़ू अभी बस एक चयन

में अटका हुआ था, कि बीड़ू रोज़ दूर कही जाकर लकड़ी इक्कठा करता रहे या फिर किसी ताक़तवर के नीचे काम करके इस जगह आराम से रहे इन बंदरों के बीच और मौज उड़ाए?

एक नदी, दो पंछी और तीन सवाल

आखिरी में बीड़ू को एक नदी मिलती, और वो वही उसी के पास आकर रोज़ बैठ जाता। इस नदी की दूसरी तरफ़ एक और घना जंगल था, जो कि बीड़ू के जंगल से काफ़ी अलग दिखता था। इस नदी के उस पार कोई बंदर नहीं पहुँच पाता था, इसका कारण यह था कि जिस नदी के पास बीड़ू बैठा था, वो काफ़ी चौड़ी थी। किसी और का तो पता नहीं, मगर बीड़ू का मन करता था कि काश वो इस नदी को लाँग पाता और उस दूसरे जंगल में नये तरीके से ज़िंदगी को खोजता।

बीड़ू जैसे कुछ और बंदर वहाँ पर रोज़ आते और ऐसे ही बैठ कर चले जाते थे, लेकिन उस दिन ऐसा नहीं हुआ। उन कुछ में से एक बंदर ने नदी लाँघने कि कोशिश की। जैसे ही उसने छलांग लगाई वो सीधा कुछ दूरी तय करने के बाद, उस गहरी नदी के में जाकर गिरा जिसका बहाव बहुत तेज था। उसे तैरना आते हुए भी चंद समय में वो डूब कर ओझल हो गया। यह देखकर आस-पास के बंदरों ने चिल्लाया और फिर इधर-उधर भागने लगे, बीड़ू भी उनमें से एक था और बहुत ही घबरा गया था।

बीड़ू का जो सपना था, इस किस्से के बाद पूरा होता दिखाई नहीं दे रहा था। फिर भी बीड़ू ने अभी इतनी लकड़ियाँ इकट्ठी की हुई थी कि उससे कुछ और दिन सोच विचार कर सकता था कि आगे आख़िर करना क्या है।

करीब दो दिन बाद एक भयानक तूफ़ान आया और संयोग से बीड़ू उस समय पर उसी नदी के पास बैठा हुआ था। सब बंदर इधर-उधर भागने लगे और बीड़ू वही उस तूफ़ान में डटकर बैठा रहा, फिर कुछ देर बाद बारिश शुरू हो गई। बीड़ू को बारिश से भी कुछ फ़र्क़ नहीं पढ़ रहा था। वो शायद कहीं गुम सा था।

बारिश थोड़ी सी कम हुए, धूप ने बादलों से झाकना शुरू किया बीड़ू का शरीर जो पूरा भीग चुका था वो सूखने लगा और एक चींटी ने उसके

पिछवाड़े में काटकर उसको इस दुनिया में वापिस लेकर आई जहाँ पर अभी भी वो नदी किनारे ही बैठा था।

फिर बीड़ू देखता है कि तूफ़ान और बारिश के बाद नदी का बहाव और तेज हो गया है। बीड़ू नदी को महसूस कर ही रहा था कि इतने में एक पेड़ का टूटा हुआ टुकड़ा बीड़ू को नदी में तैरता दिखाई दिया और कमाल की बात यह थी कि उस पर दो पंछी मजे से बैठकर, बिना डूबे सवारी का आनंद ले रहे थे।

बीड़ू के इंसानी दिमाग़ ने सवाल किया- "यह हो क्या रहा है? वो छोटे-छोटे पंछी डूब क्यों नहीं रहे है?"

अब मानों या ना मानों, बिना सवाल के कोई जवाब देता नहीं और कोई जवाब ढूँढता भी नहीं। मगर बीड़ू के पास सवाल थे, ऐसे तीन सवाल जो उसकी आगे आने वाली ज़िंदगी का रुख़ बदल सकते थे।

पहला, यहाँ रुककर लकड़ी इकट्ठी की जाये या फिर नदी के उस पार ज़ाया जाये? दूसरा, नदी के उस पार ज़ाया कैसे जाये? तीसरा, ये पंछी जो बहती नदी में पेड़ के टुकड़े पर बैठे थे, वो डूबे क्यों नहीं?

लकड़ियों संग नदी से लड़ाई

बीड़ू अपने दिमाग़ में पंछी और पेड़ के टुकड़े का वो नजारा बार-बार दोहरा रहा था। वो समझने की कोशिश कर रहा था की आख़िर ये हुआ कैसे? फिर बीड़ू ने एक-दो दिन वैसे पंछी पकड़ने की कोशिश की जो उसने उस दिन नदी में देखें थे, मगर पंछी तो बीड़ू के हाथ में नहीं लगे। वो बस शायद उन पंछियों को पकड़कर पानी में डालना चाहता था, ताकि वो यह देख पाये की यह डूबे क्यों नहीं?

सवाल पे सवाल अब बंदर के इस इंसानी दिमाग़ में आते जा रहे थे। करीब दो-तीन दिन बीड़ू ने फिर थोड़ी लकड़ियाँ इकठ्ठी की ताकि कुछ दिन के लिए और सोच सके की क्या किया जाये। यहाँ के बंदरों से अब वो नज़रे नहीं मिला पाता था। उसको जल्द से जल्द कुछ करना था।

फिर एक दिन बीड़ू की नज़र में एक बहुत बड़ा पेड़ का टुकड़ा आया। बीड़ू से करीब दस गुना भारी। बीड़ू के दिमाग़ में आया की वो पंछी तो नहीं

पकड़ पाया, इस पेड़ के टुकड़े को नदी मैं डाल के देखें? जैसे-तैसे करके जान खतरे में डालकर, सूरज डूबने के समय पर, बीड़ू उस पेड़ के टुकड़े को जी जान से नदी के पास ले गया और नदी में फेंक दिया और फिर उसने पाया की वो टुकड़ा किसी बंदर की तरह उस नदी में डूबा नहीं। वो साथ-साथ उस बहते हुए टुकड़े के साथ कुछ समय तक भागता रहा, ताकि यह पक्का कर सके की वो टुकड़ा डूबता है या नहीं।

फिर जब ये तय हो गया कि वो टुकड़ा तो डूबा नहीं, तो बीड़ू वहीं नाचने लगा। अब ज़्यादा सोचने का नहीं आज़माने का वक़्त आ चुका था। बीड़ू ने अपनी इकट्ठा की हुई लकड़ियों को समेटा, कुछ दिन और जी जान लगाकर लकड़ियाँ इकठ्ठी की और किसी को भी खबर नहीं होने दी।

बीड़ू जानता था कि रात को कुछ खौफनाक जानवर शिकार पर निकलते है फिर भी, उसने जोखिम लेते हुए, इस तरह लकड़ियों को समेटा ताकि वो उस पेड़ जैसे टुकड़े की तरह दिखे और बीड़ू उस पर अपने आपको बाँध सके। सुबह सूरज उगने से कुछ देर पहले, बीड़ू घसीट कर उस पेड़ जैसे गठ्ठर को जैसे-तैसे नदी के पास लेकर पहुँचा और ख़ुद को उससे बाँध लिया।

अब एक ऐसे फैसले का वक्त था जो बीड़ू के सारे सवालों का कुछ हद तक जवाब दे सकता था। हमे कभी न कभी अपने लिए ख़ुद से फैसला लेना ही होता है। ऐसे कुछ फैसले ही, हमारी ज़िंदगी को बदलते है।

अब बीड़ू की इकठ्ठा की हुई लकड़ियाँ समाप्त हो चुकी थी। तो उस पेड़ जैसे टुकड़े के साथ नदी में जाना ही पड़ेगा, वरना वही पिछली जिंदगी में फंसा रह जाएगा। अगर बीड़ू डूब गया, तो उसका जीवन वही समाप्त हो जाएगा। लेकिन अगर इन लकड़ियों के गट्ठर के साथ बीड़ू तैर पाया, तो हाथ-पैर मारकर दूसरे छोर तक कोशिश करके पहुँच ही जाएगा।

बीड़ू ने आँखें बंद की, गहरी साँस ली, अपनी पिछली बीती ज़िंदगी को अपने सामने पाया, और अपने आपको नदी के हवाले कर दिया। कुछ चंद समय बीड़ू वो गहरी बहती नदी के अंदर था। पानी ने उसे चारों ओर से

जकड़ लिया था, और बीड़ू अब कुछ नहीं कर पा रहा था। उसकी सांस फूलने लगी, बीड़ू नदी के ठंडे पानी में काँप रहा था।

मगर अगले ही कुछ पलों में, जो लकड़ी के गट्ठर बीड़ू ने अपने शरीर से बाँधे थे, उन्होंने उसके शरीर को ऊपर की ओर खींच लिया। बीड़ू लगभग बेहोशी की हालत में था। लेकिन उन लकड़ियों की वजह से, बीड़ू ने पानी की उस जकड़ को हरा दिया और अब वो लकड़ियों के सहारे नदी में तैर पा रहा था। बहाव जितना भी तेज हो, मगर अब हाथ-पैर मारने का समय था।

बहाव की दिशा में ही बीड़ू ने धीरे-धीरे नदी की चौड़ाई को कम करना शुरू किया। जब बीड़ू नदी के दूसरे तट के करीब पहुँचा, तब उसने लकड़ियों से आजाद होकर, छलांग लगा दी, और उस नदी के दूसरे तट की ज़मीन पर कदम रखे।

बीड़ू को एक नया जीवन मिला था। उसको नहीं पता कि इस नये जंगल में रहने का ख़तरा ज़्यादा था या कम, मगर बीड़ू को इस नये जीवन में, सवालों के जवाब ढूंढना और फैसला लेना पहले से बेहतर प्राप्त हुआ था।

एक वक्त

राम जी की जीत के साथ,

अपने मन पर विश्वास की जीत का

जय श्री राम

हनुमान: The Superhero

हम सबने बचपन से अपने जीवन में काफ़ी superheros की कहानियाँ सुनी और फ़िल्में देखी है। जैसे superman, spiderman, shaktiman, krish, वगैरह-वगैरह। ये जितने भी superheros है वो हमेशा आस-पास के लोगो को मुश्किलों से बचाते है, या फिर किसी ऐसी ताक़तवर शक्ति से लड़ते है, जिससे एक मामूली इंसान नहीं लड़ सकता। मगर बड़े होकर इतना तो पता चल ही गया होता है कि यह सब काल्पनिक कहानियाँ है और असल ज़िंदगी का superhero कौन है, हम ख़ुद नहीं जानते।

लेकिन उत्तर भारत में ज्यादातर आपने सुना होगा की जब हमे किसी बात से डर लगता है, तो कहा जाता है कि हनुमान चालीसा पढो, डर दूर चला जाएगा। हमे चाहे हनुमान चालीसा पूरी आती हो या नहीं, फिर भी कुछ शब्द बोलने से आत्मविश्वास मिलता है। डर दूर जाए या न जाए, लेकिन एक छोटी सी ग़लत फैमी से हिम्मत बढ़ जाती है।

यह कहानी करीब 9,000 साल पहले की कही जाती है, तब तक शायद हमारी भाषाएँ और रहने का तरीका काफ़ी बदल चुका था। इस कहानी को हम बचपन से सुनते आए है और अब इसी कहानी को हम ख़ुद से जोड़कर आगे ले जाने की कोशिश करेंगे।

यह कहानी है एक भक्त, एक दोस्त, एक शिष्य की है जो उनके लिए कुछ भी कर सकता था। जिनको हम आज भी अपना superhero मान सकते है, जिनको हम पवन पुत्र हनुमान के नाम से जानते है।

ज़िंदगी और उसकी कहानियाँ

एक दिन जब सूर्य अपने चरम सीमा पर था, तब हनुमान जी महोदधि समुद्र के उस तट पर बैठे थे, जहाँ से जटायु के भाई – संपाती ने बताया था की एक रावण नाम का राक्षस सीता माता को अपनी नगरी लंका में अपहरण करके ले गया है, और वो तट लंका से काफ़ी दूर था। बात यह नहीं थी की

राम जी और सुग्रीव की सेना दूरी तय नहीं कर सकती थी, बात यह थी की दूरी के बीच में बहुत ही बढ़ा समुद्र था। वो वानर सेना इतने बढ़े समुद्र को कैसे पार करे कुछ समझ नहीं आ रहा था।

सेना विचार कर रही थी। हनुमान जी भी वहीं बैठे इस सोच में डूबे थे कि क्या किया जा सकता है। तब हनुमान जी के एक साथी, जिनका नाम जामवंत था, उन्होंने हनुमान जी की तरफ़ देखा और कुछ याद करने लगे। कुछ ऐसी बातें, जो शायद उन्होंने कभी किसी से सुनी थीं। जामवंत युग-साक्षी थे। समुद्र मंथन से लेकर राम–कृष्ण काल तक उन्होंने देवताओं की सभाएँ, निर्णय और वरदान देखे थे, इसलिए ये कुछ ऐसी बातें थीं जो आज भी हमारी ज़िंदगी में मान्य हैं।

जिंदगी हम सब की एक जैसी होती है, मगर हम सब अपनी जिंदगी को अलग समझते रहते है। यह वैसा ही है कि जैसे ही तुमने इंसान को अलग नाम दिया, तो उसकी जिंदगी अलग हो गयी। मगर ऐसा नहीं होता। एक होती है जिंदगी, और दूसरी होती है कहानी।

हनुमान जी की भी जिंदगी हमारी तरह ही थी, बस वो जिस वक्त में रहते थे, उस वजह से उनकी कहानी हमसे अलग थी। जैसे आज भी हम खाते है, खेलते है, हँसते है, दुखी होते है, डरते है। उस वक्त भी वो सब हुआ करता था, क्योंकि यह सब हमारी जिंदगी का हिस्सा होता है।

कहानियाँ सबकी अलग होती है, जोकि या तो हमारे आस-पास के लोग लिखते है या फिर हम खुद उस कहानी को बदलने की कोशिश करते है। हनुमान जी के साथ भी कुछ ऐसा ही हुआ था। वो चाहे कितने भी बलशाली क्यों न हो, जन्मे तो वो भी वानर और इंसानों की बस्ती में ही थे। हनुमान के माता-पिता भी हमारे माता-पिता की तरह ही थे। वो भी अपने बेटे के लिए उतने ही चिंतित रहते थे, जितना के हमारे माँ-बाप हमारे लिए रहते है।

बचपन, विरासत की शक्तियाँ और गुरु

हर एक इंसान के अंदर एक खूबी होती है, जो उसको उसकी विरासत से मिली होती है। जिंदगी जीने में क्या ही रखा है, वो तो सबकी एक जैसी ही

होती है। मगर अगर हम अपने विरासत की खूबियों को जान लो, तो अपनी कहानी लिखने का अलग ही मजा आता है। और जब हम अपनी कहानी लिखते है, तब वो आस-पास की कई कहानियों के साथ जुड़ती जाती है। बस फर्क सिर्फ इतना होता है, या तो लोग अपनी वही जिंदगी जीते जाते है, या फिर उस कहानी से सीखकर अपनी कहानी ढूंढने लग जाते है।

बचपन में जब हम कुछ सीख रहे होते है, तो जो हमने अपने विरासत से पाया होता है, उसी के बल पर सीखते है। वो होता है हमारा शरीर, साथ में एक मन, उस शरीर में कितनी ताकत है, उस शरीर का दिमाग कितना तेज है, वगैरह-वगैरह।

हनुमान जी भी कुछ ऐसा ही करते थे। वो अपने शरीर की संभावना को जितना ज्यादा इस्तेमाल करते थे, उतने ही दिन प्रतिदिन बेहतर होते जाते थे। एक बार तो हनुमान जी सूरज को आम समझ कर निगलने निकल पढे थे। तो वो क्या था, नादानी? या शैतानी? या फिर अपने शरीर और बल का भरपूर इस्तेमाल।

हाँ, नादानी कह सकते है, क्योंकि सूरज को कौन ही निगल सकता है, लेकिन जो उन्होंने किया वो तो बस अपनी भूख और प्यास बुझाने के लिए किया। उन्हें तो बस आम खाने का मन था और उस उम्र में समझ कम होने के कारण उन्हें लाल-पिली वस्तु आम सी नजर आयी और वो निकल चले अपनी भूख को मिटाने।

बाद में जब सूर्यदेव को पता चला कि यह तो अनर्थ हो जाएगा, वह छोटा-सा बच्चा मर जाएगा, तब उन्होंने उसे समझाया कि सूरज कोई फल नहीं है। साथ ही सूर्यदेव हनुमान जी से प्रसन्न भी हुए, क्योंकि हनुमान जी का यह बल देखकर उन्हें खुशी हुई और आगे जाकर वे उनके गुरु भी बने तथा उन्हें सही शिक्षा प्रदान की।

जिंदगी में गुरुओं का साथ बहुत मान्य रखता है। आज-कल के गुरुओं का तो पता नहीं लेकिन असल गुरु वो है, जो हमको हमसे जोड़ता है। सूर्यदेव जान गए थे कि हनुमान जी के अंदर बहुत साहस है, जो उनको

उनके विरासत से मिला है, बस अब उन्हें हनुमान जी को जिंदगी जीने के लिए सही ज्ञान देना था।

शाप, शक्तियाँ और विश्वास

हर किसी के अंदर एक नादान होता है और एक शैतान, हनुमान जी भी बचपन में कुछ ऐसे ही थे। वो नादानियाँ भी बहुत करते थे और शैतानियाँ भी। हनुमान जी अपने बचपन में वन में यहाँ-वहाँ घूमते रहते थे। कभी किसी ऋषि-मुनि की तपस्या में बाधा डालते, कभी आश्रम में घुसकर उनके वस्त्र चुरा लेते, कभी उनके फल ले जाते और कभी उनके यज्ञ को उलट-पुलट कर देते।

अब इसे नादानी कहो या शैतानी, यह तो देखने वाले पर है। मगर ऋषि-मुनियों ने इसे हनुमान जी की शैतानियों में परखा और उन्हें शाप दिया कि – "तेरी शक्ति तब तक छुपी रहेंगी जब तक कोई तुझे याद नहीं दिलाएगा।"

क्या आपने कभी गौर किया है की यह शाप क्या है? क्या असल में कुछ ऐसा शाप होता है जो हमारी शक्तियों को कहीं छुपा देता है? अब इसका जवाब तो उस समय जामवंत के पास था, जब उन्होंने हनुमान जी को उनकी बचपन की कहानी याद करके यह सब बताया।

हनुमान को पहले तो भरोसा नहीं हुआ की ऐसा भी हो सकता है। हनुमान यह मानने को तैयार ही नहीं था की अकेला इतनी दूर, वो पूरा समुद्र फाँद कर लंका पहुँच सकता है। जामवंत ने उनका साहस बढ़ाते हुए कहा - "जब तुम बचपन में सूरज तक लाँघने की कोशिश कर चुके हो, तो लंका तो तुम्हारे लिए कुछ भी नहीं है।" पूरी वानर सेना को भी अब हनुमान जी की कहानी पर विश्वास सा होने लगा।

ऐसा ही होता है, जब हमारे आत्म-विश्वास से ज़्यादा लोगो की बातें हम पर हावी हो जाती है। बचपन में भी हनुमान के साथ यही हुआ था, जब वो अपनी शरारतों से ऋषि-मुनिया को परेशान करते थे, तब ऋषि-मुनिया की बातों या कह लीजिए की श्राप से हनुमान का अपनी शक्तियों से विश्वास छूटता गया।

मगर उस दिन जामवंत ने वानर सेना की आँखों में हनुमान के लिए फिर से वो विश्वास इकट्ठा कर ही लिया। पूरी की पूरी वानर सेना अब हनुमान के साथ थी, अब कोई ऋषि-मुनि का श्राप उन पर हावी नहीं हो सकता था। चारों तरफ़ सिर्फ़ दो नाम सेना के जबान पर थे - "जय श्री राम" और "जय हनुमान"।

हनुमान जी वानर सेना का हौसला देखकर अपने आपसे अब और कोई सवाल नहीं पूछना चाहता थे, क्योंकि वो जान गये थे कि सेना के विश्वास में ही अब उनकी ताक़त है। उन्होंने अपने बचपन के दिनों को याद करने की कोशिश की या नहीं, यह तो नहीं कहा जा सकता, मगर लंका की और छलाँग लगाने को अब वो पूरी तरह तैयार थे। श्री राम के लिए हनुमान जी अपनी जान भी दाव पर लगा सकते थे। उन्होंने सेना के साथ ज़ोर से दोहराया - "जय श्री राम", और छलाँग लगाकर लंका की तरफ़ उड़ चले।

हमारे अंदर का हनुमान

बाक़ी आगे की कहानी आप लोग जानते ही होंगे और अगर नहीं तो जानने की कोशिश जरूर कीजिएगा, क्योंकि 9,000 साल पहले के superheros आज के superheros से कम नहीं थे। अब सवाल सिर्फ़ यह आता है कि हमारे अंदर भी कोई superhero या हनुमान छुपा हो सकता है?

मान लीजिये की आपने नादानी में, बचपन में कोई ऐसा काम किया हो जिसको दुनिया वाले, या यह कह लीजिये कि आपके समाज में शैतानी माना जाता हो। तो उस समय आपको कुछ न कुछ सजा मिलती होगी और वो सजा बार-बार मिलने पर वो नादानी या शैतानी आप बचपन में भूल गए होंगे।

हनुमान जी को भी जब श्राप मिला, तब शक्तियाँ होते हुए भी अपनी शक्तियों को अनदेखा करना सीख गए। जैसा की मैंने बताया था कि जिंदगी सब की एक जैसी होती है, कहानियाँ सबकी अलग होती है, ऐसे ही उस श्राप के बाद हनुमान जी भी साधारण जिंदगी जीने लगे थे, जहाँ पर

उनका परिवार था, दोस्त थे, वो श्री राम जी के भक्त थे, वगैरह-वगैरह, मगर अपनी शक्तियों और कहानियों से अनजान हो चुके थे।

भीड़ ने बार-बार जो हमे कहा और हमने उसे मान लिया इससे हमारे इंसानी दिमाग़ की कंडीशनिंग हो जाती है (श्राप मिल जाता है)। हनुमान जी भी इस चीज के शिकार हुए थे। मगर जब हनुमान जी को जामवंत ने याद दिलाया कि – "तुम लंका जा सकते हो, तुम्हारे अंदर भरपूर शक्तियाँ है, तुम्हे बचपन में श्राप दिया गया था कि तुम्हे जब तक कोई याद नहीं दिलाएगा, तब तक तुम्हे तुम्हारी शक्तियाँ याद नहीं आएँगी। लेकिन आज वो दिन है, जब तुम्हे उन शक्तियों की बहुत जरुरत है।"

तब हनुमान जी को फिर से अपने आप पर विश्वास हुआ की वो क्या-क्या कर सकते है और अब वो साधारण नहीं रहे। हम सब भी उन्हें उनकी शक्तियों और उनके किस्सों से जानते है, बाकी जिंदगी तो उन्होंने भी साधारण ही जी थी। याद रखना, जिंदगी हमेशा आपकी भी बाकी लोगो की तरह ही रहेंगी, लेकिन शायद हमे कुछ ऐसा विरासत में मिला हो, जो कभी-कभार हम भूल जाते है कि वही हमारी जिंदगी की एक कहानी हो सकती है।

अब ये कैसे पता चले की आपके अंदर क्या खूबी है। मुश्किल है, लेकिन नामुमकिन नहीं। मुश्किल इसलिए है क्योंकि लोगो को इसका सीधा सा उत्तर चाहिए की वो क्या है? मगर इसका कोई सीधा और सरल जवाब नहीं है। बस इतना कहा जा सकता है कि याद करो की बचपन में आपको क्या करना अच्छा लगता था, जो आपने समाज के दबाव में आकर छोड़ दिया। बचपन में वो ऐसी क्या चीज थी, जिसको आपको करने में मन की शांति मिलती थी और दिन का पता नहीं चलता था। बस वही है, आपकी वो कहानी, जो आप आज की कुछ कहानियों से जोड़ कर, दिन में कुछ देर के लिए ही सही, उसे फिर से जी सकते है। ताकि आप इस साधारण जिंदगी से निकलकर अपनी कहानी में कुछ देर के लिए मग्न हो सके।

अब इतना तो आप समझ ही गए होंगे की हम सब के अंदर कही ना कही हनुमान छुपा हुआ है और कमाल की बात यह है कि कभी-कभार डर लगने पर यही छुपा हुआ हनुमान, हनुमान चालीसा पढ़ने लगता है।

विवेक और विभीषण

अगर आपसे यह पूछा जाये की आप अपने रिश्तों को चुनोगे या कर्तव्यों को, तो आप उसमे से क्या चुनोगे? 'रिश्ते' या 'कर्तव्य' या फिर दोनों ही चुनकर उनपर नियंत्रण करना चाहोगे? मगर ऐसा देखा गया है कि ज्यादातर लोग रिश्ते ही चुनते है।

किसी भी जीव के लिए यह बहुत आम बात है कि वो सबसे पहले अपने रिश्तों और संगठनों का ही साथ देता है, अब चाहे वो इंसान हो या जानवर। नुकसान को टालना जीवन का एक आम स्वभाव है। इंसान के दिमाग की इतनी तरक्की होने के बावजूद भी, नुक्सान होने का डर मन से इतनी आसानी से नहीं जाता।

अब जब नुक्सान है, तभी तो डर है। अगर कुछ नुक्सान ही न हो, तो डर किस बात का। रिश्तों में, या दोस्ती-यारी में, हम बहुत सी ऐसी उम्मीदों से बंध जाते है जो अगर टूट जाए, तो डर लगने लगता है। इन रिश्तों के बीच का प्यार, लगाव, समझौते और बंधन ऐसा है कि इसके टूटने से हमारी आने वाली ज़िंदगी पर गहरा असर हो सकता है, इसलिए हमें डर लगता है।

लोग, लंका और उनका विधाता

हनुमान जी से तो अभी हम पिछली कहानी में मिलकर आए हैं, जो करीब 9,000 बरस पुरानी है। अब वे लंका राज्य में सीता माता से मिलकर और सोने की पूरी लंका को अग्नि में बहाकर, वापस अपनी वानर सेना और श्री राम के पास पहुँच चुके थे।

लंका के बारे में तो शायद सब जानते ही होंगे। जब वहां पर राक्षस रहा करते थे, और रावण वहाँ का राजा था। यानी की वहाँ भी बहुत से जीव रहते थे, मगर वो राक्षस कहलाए जाते थे। इनमें से कुछ लंका के मूल निवासी थे और बलशाली योद्धा भी थे, जैसे कुंभकर्ण और विभीषण - रावण के भाई, मेघनाद और इंद्रजीत - रावण के पुत्र, अकंपन, विरूपाक्ष,

आदि। इन सबकी जिंदगी भी वैसे ही थी, जैसे आम राज्यों की होती है। मगर खान-पान, चाल -ढाल, पहनावा, वो तो जगह-जगह पर निर्भर करता है।

मगर फिर इस लंका के राजा ने एक छोटी सी घटना को अंजाम दिया। रावण ने सीता माता जोकि राम जी की धर्म पत्नी थी, उनका हरण कर लिया। कहा जाता है कि इसकी कुछ वजह थीं, जैसे - रावण राम से बदला लेना चाहते थे या फिर रावण का अहंकार और मोह भी इसका कारण था।

यह घटना लंका में सभी लोगों के मन में खटक सी रही थी। मगर रावण के खिलाफ वो ज्यादा कुछ नहीं बोल पाते थे। यह लंका की प्रजा का डर था या मजबूरी ये तो बताया नहीं जा सकता। मगर इतना तो अंदाज़ा लगा लो कि रावण की प्रजा को लंका के बंधन ने बाँध रखा था। वही उनका घर था, वही उनका मन था और रावण ही उनका राजा और भगवान था। अब अगर भगवान को गलत ठहरा दिया, तो अनर्थ हो जाएगा और उनका घर छिन्न जाएगा।

"युद्ध"- मन के अंदर और बाहर

युद्ध की पहल तो हनुमान जी द्वारा हो चुकी थी। इस वजह से कुछ दिनों तक लंका आग में बहती रही। अब रावण के राज्य में सभाएँ देर तक बैठने लगी और कई सवाल उठने लगे - जैसे युद्ध की तैयारी कैसे की जाए? राम की सेना कितनी मज़बूत है? रावण की सेना के जीतने की कितनी उम्मीद है? ऐसे बहुत-से सवाल लंका राज्य के लोगों के दिमाग़ में भी आने लगे थे।

मंदोदरी जोकि रावण की पत्नी थी, उसने रावण को समझाने की बहुत कोशिश की और कहा - "तुम अधर्म कर रहे हो, श्रीराम कोई साधारण मनुष्य नहीं हैं। उन्हें सीता वापस लौटा दो।" मगर रावण अपने अहंकार में इतना डूब चूका था कि अपनी पत्नी की एक भी बात न मानी। और दूसरी तरफ़ यहाँ पर रावण के महल के किसी एक बाग में एक जीव इस तरह बैठा था जैसे की पूरी तरह मन से टूट चुका हो। उसको महल में अब वो सम्मान नहीं मिल रहा था जैसा कुछ दिन पहले मिला करता था। उससे बाक़ी के

जीव इस तरह मुंह फेर लेते थे कि उसको अब यह राज्य अपने लिए खतरा सा लगता था।

वह जीव कड़ी धूप में आत्मचिंतन कर रहा था, या फिर सूर्य देव से बात कर रहा था, यह तो पता नहीं। मगर अब कुछ ऐसा होने वाला था, जो कि आगे आने वाली कई कहानियों को जड़ से हिला सकता था। कुछ क्षणों में ही इस जीव, जिनका नाम विभीषण था, उन्होंने ऐसा फैसला ले लिया, जो शायद आसान नहीं था।

विभीषण, रावण के छोटे भाई, जो धर्मात्मा और विवेकी थे। उन्होंने भी जब रावण को समझाते हुए कहा कि - "सीता माता को श्रीराम को लौटा दो, नहीं तो लंका का विनाश होगा।" तब रावण ने उनकी एक नहीं मानी और विभीषण को अपमानित करके सभा से निकाल दिया था।

इस भारी सभा के अपमान के बाद, यह आत्मचिंतन बहुत जरूरी हो गया था। तब विभीषण ने फैसला लिया था कि रावण का साथ ना देकर अपने आपको राम को समर्पित कर देंगे। विभीषण के इस फैसले से बहुत से जीव असहमत थे, मगर वो विभीषण को रोकना नहीं चाहते थे, क्योंकि वो लंका राज्य में जहाँ रावण का शासन था, वहाँ पर "राम, राम" की जाप लगाएं बैठा था। अब जितने भी जीव विभीषण से सहमत नहीं थे, उनके अंदर का डर, रावण का था या राज्य से बाहर बेदख़ल होने का यह कहा नहीं जा सकता।

विभीषण का विश्वासघात

अरे यह क्या किया विभीषण ने, अपने परिवार को छोड़ दिया, अपने लोगो से दूर हो गए। ऐसा भी क्या कर दिया था भाई ने। सिर्फ सीता का हरण ही तो किया था। अपने बड़े भाई को धोका दे दिया। बहुत ही बढ़ा गद्दार है वो तो। उन्होंने रावण की सेना और तरकीबें राम को बता दी। शायद विभीषण ने ये सब राज्य पाने के लिए किया, ना की धर्म के लिए। यदि आप रिश्तों और वफादारी को सबसे ऊपर मानते हैं, तो आपको विभीषण का ये कदम, विश्वासघात लगा होगा।

मगर यह फैसला लेने से पहले, रावण यानी उनके भाई को छोड़ने का डर और लंका की हार, विभीषण के मन के अंदर क्या हलचल मचा रही होगी, क्या यह आपने कभी सोचा है? अपने परिवार और संगठन को खोना इतना आसान नहीं है, मगर फिर भी कुछ तो ऐसा था, जिसने विभीषण को मजबूर किया होगा। ऐसा क्या था विभीषण के अंदर?

विभीषण तो इस तरह हम सब में है। अब यह जानना है की कैसे, हम थोड़े राक्षस है या लंका के निवासी? मगर विभीषण बनने के लिए राक्षस या लंका का निवासी होना जरूरी नहीं है। विभीषण बनने के लिए रावण छोटा भाई होना जरूरी नहीं है। विभीषण होने के लिए राम का साथ देना जरूरी नहीं , विभीषण होने के लिए अपनी शिक्षा का सम्मान करना और आने वाली पीढी को क्या सीख जायेगी, वो देखना जरूरी है। विभीषण होने के लिए अहंकार को ठुकराकर, अपने डर से जीतना जरूरी है। विभीषण होने के लिए कौन उस वक्त ज्यादा ठीक है, उसका साथ देना जरूरी है। यदि आप धर्म और नीति को महत्व देते हैं, तो आपको विभीषण एक आदर्श व्यक्ति लग सकते हैं।

आज का विभीषण कौन?

जो विभीषण ने किया, वो कदम हम सबको सोचने पर मजबूर करता है। कुछ लोग उसको सही कहते है, कुछ लोग उसको गलत। मगर इंसान उसको इसलिए गौर से नहीं समझ पाता, क्योंकि वो ख़ुद अब तक वो वैसे धर्म संकट में नहीं फंसा है और इसलिए उसके दिमाग में कुछ भी चलता रहता है।

आज की दुनिया में हम रोज बहुत से विभीषण पाएंगे। बस थोड़ा ठहर के देखने की जरुरत होती है। कभी-कभार बेटा अपने माँ-बाप के घर को छोड़ देता है क्योंकि वो अपने घर के बंधनों से निकल कर आगे आने वाली पीढी को कुछ सिखाना चाहता है। कभी-कभार कोई इंसान, अपना देश छोड़ देता है, क्योंकि उसका देश उसको वो व्यापार और ज्ञान नहीं दे पाता, जो बाहर के देश उसे दे सकते है। कभी-कभार अच्छी खासी नौकरी लोग

छोड़ देते है, अपनी मेहनत से कमाई इज़्ज़त को छोड़ देते है, क्योंकि वो अपने मालिक के अहंकार से बचना चाहते है।

ऐसे हजारो विभीषण हमारे आस पास है। जो अपने धर्म को पहचान कर, बहुत सोच-समझ कर, अपने डर का सामना करके, अपनों से अलग होते है, अपने बंधनों को तोड़ते है, और अपने अंदर एक नई जंग छेड़ देते है। अब अपनों से दूर जाना सही है या गलत यह सिर्फ वही बता सकता है, जिसने यह रास्ता चुना है।

चाहे हमारे बड़े हो या छोटे। चाहे उनमें हमसे ज्यादा ज्ञान हो या कम। मगर जब-जब रावण जैसा अहंकार उनके मन में जगेगा, तब-तब एक नए विभीषण के जन्म लेने की संभावना बढ़ जायेगी। और वो अहंकार को अपने रास्ते से हटाने के लिए, अपने ज्ञान की मदद से राम की तलाश में लग जाएगा। यह वही राम है, जो उसके डर को कम करके उसको जीत दिलाएगा।

हमारे अंदर का विभीषण ही हमे राम के पास ले जा सकता है, नहीं तो हम लंका के उन्ही निवासियों की तरह बन जाएंगे, जो रावण के साथ मिलकर राम के खिलाफ लड़ें थे।

लंका के उस विभीषण ने नुक्सान को देखते हुए भी, उस समय अपने डर पर कब्जा पा लिया था और एक नई कहानी रच दी थी। राम की इस रामायण में, विभीषण और हनुमान जी ने अपने-अपने मन पर विजय पाकर, राम की जीत की कहानी का एक मूल सूत्र इतिहास में रच दिया था।

कलाकार
हमेशा समाज को कुछ देकर जाता है,
ना कि ख़ुद समाज में गुम हो जाता है।

Johnलाल

सन 1876 के जुलाई महीने में, काकोरी गाँव के खेतों के बीच जॉनलाल बैठा था, तब उसकी उम्र करीब तेरह साल रही होगी। जॉनलाल बोलने में कुछ ज़्यादा खास नहीं था, इतनी उमर का होने के बावजूद भी सिर्फ़, हाँ या ना में जवाब देता था। जॉनलाल ने अपने बारे में कई कहानियाँ सुनी थीं कि उसका पिता एक अंग्रेज़ था और उसकी माँ हिंदुस्तानी थी।

उसकी माँ तो बेचारी उसको जन्म देने के बाद ही गुज़र गई थी, उसका ख्याल बचपन से उसकी मौसी ने रखा था, फिर भी मौसी ने उसे कभी पराया महसूस नहीं होने दिया, और ना ही उसे कभी यह एहसास होने दिया कि उसके माँ-बाप ने कुछ ग़लत किया था।

जिन काकोरी के खेतों में जॉनलाल अभी बैठा बारिश के बाद धुंधली धूप का मजा ले रहा था, वहाँ पर ही करीब 13 साल पहले, दो अंग्रेज़ ऐसे ही बारिशों के दिनों में काकोरी गांव के तालाब के पास अपना ख़ाली वक्त गुजारने आया करते थे। उसमे से एक का नाम था, विलियम और दूसरे का हेनरी। यह दो दोस्त भी अंग्रेज़ सरकार से परेशान थे, क्योंकि इन्हें हिंदुस्तान के लोग बड़े दिलचस्प किस्म के लगते थे, मगर पता नहीं क्यों।

विलियम तो बस हेनरी के कहने पर नौकरी की तलाश करते हुए, हिंदुस्तान पहुँचा था, पहले कुछ दिनों तो विलियम और हेनरी को हिंदुस्तान में रहने में अच्छा लगा क्योंकि उनको हिंदुस्तानियों से बहुत ही इज़्ज़त मिलती थी, मगर धीरे-धीरे उन्हें महसूस होने लगा की यह इज़्ज़त कम है और डर ज़्यादा है।

विलियम का एक पेट डायलॉग था, वह हमेशा कहता था—"We are bigger slaves than these smaller slaves." और हेनरी उसकी इस बात को अपने पेट डायलॉग से ख़त्म करता था—"But we know that, these Indian fools don't."

विलियम और हेनरी काकोरी के उस तालाब के पास इतनी बार आ चुके थे कि इसके आस-पास खेलने वाले बच्चे उन दोनों के दोस्त बनने लगे थे। बच्चों की आँखों में उन दोनों अंग्रेजों का डर उतना नहीं था, जितना यहाँ के बढ़े लोगो में था। वो कभी गुल्ली-डंडा खेलते और अंग्रेज़ों को भी सिखाते, कभी तालाब में अलग-अलग तरीक़ों से तैरते और अंग्रेज़ उन्हें देखकर अपना एंटरटेनमेंट करते, तो कभी अंग्रेज़ कुछ ग़लत हिंदी बोलते और बच्चे कुछ ग़लत अंग्रेज़ी।

विलियम और हेनरी शायद इन बच्चों में अपना बचपन ढूँढ़ने आते थे और एक-दो दिन की छुट्टी मनाकर चले जाते, और साथ ही मन-ही-मन दोहराते—

"we are bigger slaves than these smaller slaves"

"but we know that, these Indian fools don't"

मगर कुछ दिनों से विलियम की नज़रे एक हिंदुस्तानी लड़की पर गड़ी हुई थी, जो कुछ और औरतों के साथ, तालाब से पानी लेने आती थी और वो औरतें कुछ समय वही वक़्त गुज़ारती थी, और वापसी में सब उन दोनों अंग्रेजों को सलाम करते हुए निकल जाती थी। हेनरी, विलियम को इस बात के लिए छेड़ता था और कहता था - "Take her with you" और विलियम गुस्से में उससे एक ही बात कहता था - "We're not here for that sort of thing"

लेकिन कुछ समय बाद, जिस लड़की को विलियम छुप-छुपकर देखता था, उसने विलियम को उसे देखते हुए पकड़ लिया, और विलियम को भी इस बात का एहसास हो गया। विलियम ने ज़्यादा दिमाग़ न लगाया, औरतों की उस टोली की तरफ़ बढ़ा और उस लड़की का नाम पूछा जिसको वो देखता था, वो भी टूटी-फूटी हिंदी में - "Hey, तुमारा नाम कय है?" वो सब औरतें वहाँ से ऐसे शर्माकर भागी जैसे विलियम ने सबको इक्कठे प्रपोज़ कर दिया हो।

फिर अगले हफ़्ते विलियम अकेले ही तालाब के पास वक्त गुजारने आया, शायद हेनरी को कोई काम रहा होगा, या जान-बूझकर उसे लखनऊ

रुकने को कह दिया होगा ताकि विलियम अपनी बात आगे बढ़ा सके। उस दिन भी औरतों की टोली जैसे आती थी वैसे ही आई हुई थी और विलियम ने फिर से पूछने की कोशिश की—"Hey, please tell me, तुमारा नाम कय है?" अबकी बार औरतें भागी नहीं, मगर उस लड़की ने नाम नहीं बताया। लेकिन बाक़ी औरतों ने उस अंग्रेज़ की आँखों में शायद एक ठहराव महसूस करते हुए, थोड़ी आँखों-ही-आँखों में कुसर-पुसर की और वहाँ से फिर सब गांव की तरफ़ चलने लगीं। फिर विलियम को लगा कि आज भी उसके हाथ कुछ नहीं आया, लेकिन इतने में पीछे से आवाज़ आई —"सितारा... सितारा नाम है इनका।"

विलियम यह सुनकर, वही खड़े-खड़े पता नहीं कौन सा अंग्रेजी डांस करने लगा और कुछ औरतें और सितारा वो देखकर हँसने लगी। फिर विलियम ने वहाँ खेलते हुए एक बच्चे को पकड़ा और उससे पूछा - "what is the meaning of Sitara, ooh sorry, तूमे तो इंग्लिश आता नहीं, ये बताओ, सितारा का कय मतलब है?"

बच्चे ने जैसे-तैसे विलियम के एक्सेंट को समझा और यह सोचने लगा की सितारा को अंग्रेज़ी में कैसे बताए और फिर आसमान में इशारा करने लगा। विलियम को कुछ समझ नहीं आ रहा था, तो वो अंदाज़े लगाने लगा और अपनी हिंदी के हिसाब से कुछ न कुछ बोलता रहा जैसे - आसमान, चिड़िया, नीला वगैरह-वगैरह। उस बच्चे और विलियम, दोनों को कुछ समझ नहीं आ रहा था और फिर कुछ देर तक जब विलियम को सितारा का मतलब नहीं पता चल पाया तो उसका मुंह उतर गया।

कभी-कभार किसी चीज़ की उत्सुकता भी कैसे दिन दिखा देती है, जो विलियम अपनी अंग्रेज़ी भाषा को बहुत हीं ऊपर मानता था, आज एक हिंदी के नाम का मतलब जानने के लिए तड़प रहा था और यह तड़पना उस मासूम बच्चे से देखा नहीं गया और वो अपने दूर खड़े एक साथी को खीचते हुए विलियम के पास लाकर बोला - "अरे यार, इन्हें सितारा का मतलब अंग्रेज़ी में जानना है, और मुझे समझ नहीं आ रहा की कैसे समझाऊ।"

उसके दोस्त ने अपना भेजा ऐसे खुजाया जैसे अभी बालों के अंदर से एक चिट्ठी निकाल कर देगा जिसमे उसका मतलब होगा। चिट्ठी तो नहीं निकली, मगर उस बच्चे की कला ने विलियम को मतलब के काफ़ी करीब पहुँचा दिया। उस बच्चे ने मिट्टी में अपने हाथों की उँगली से एक तारा बना दिया और उस चित्र को देखकर विलियम के मुंह से झट से निकला - "ooooh, a star" और उन दोनों ने विलियम को देखते हुए इकट्ठे बोला - "यह है सितारा, स्टार"। उस दिन इसी सब झमेले में उन दोनों बच्चों ने एक नया अंग्रेजी अक्षर सीखा, "Star", और विलियम ने हिंदी का एक अक्षर।

उस दिन रात के समय, जब विलियम अपनी मोटरबाइक से लखनऊ की तरफ़ वापिस जा रहा था तो तारों को देखते हुए जा रहा था, शायद वो उसमे सितारा की परछाई देखने की कोशिश कर रहा था।

लखनऊ उस समय अग्रजों की निगरानी में तरक्की कर रहा था। कुछ नए स्कूल और यूनिवर्सिटीज वहाँ पर धीरे-धीरे बनाये जा रहे थे। हिंदुस्तानियों के लिए यह सब तरीके नए थे। गुरुकुल जैसी योजनाएँ धीरे-धीरे विलुप्त होती जा रही थी। यह सिर्फ़ लखनऊ में ही नहीं, बल्कि पूरे हिंदुस्तान में हो रहा था। जहाँ पर कभी लोग सिर्फ़ खेती, कपड़ो का काम, धातुओं और व्यापार से पैसा कमाया करते थे, अब उनके लिए काफ़ी नई-नई सरकारी नौकरियाँ, निकल रही थी। अंग्रेज़ सरकार पहले लोगों को अपने तरीके से शिक्षा बाँटती, फिर उसमें डिग्री और सर्टिफ़िकेशन देती और उसके ज़रिए ख़ुद काम पर रखती।

अंग्रेज़ी सरकार ने हिंदुस्तान में अब तक अपना पूरा दबदबा बना लिया था, और अब यहाँ पर वो ऐसे रहते थे जैसे यह उनका ही राज्य हो कोई हिंदुस्तान नहीं। अब हिंदुस्तान, इंडिया बन चुका था। अंग्रेज़ यहाँ पर बहुत-सी नई तकनीकें लेकर आए थे। स्टीम इंजन, फ़ैक्टरियाँ, बुक प्रिंटिंग जैसी तकनीकों के साथ-साथ अपने काम करने की फ़िलॉसफ़ी।

हिंदुस्तानी चाहे कितने भी परेशान रहते हो अंग्रेजों से, लेकिन उनकी नई तकनीकों से उनका भी दिल बहल ही जाता था, और कुछ नए आविष्कार देखकर तो हैरान ही रह जाते थे। ये सभी तकनीकें यूनाइटेड

किंगडम की देन थीं। इस समय तक "हमारा" हमारे पास कुछ बचा था या नहीं, इसका हमें ख़ुद अंदाज़ा नहीं था।

विलियम का अगला एक हफ़्ता ऐसे ही सितारा के ख्यालों में कब बीता पता ही नहीं चला। उसने हेनरी को भी इस किस्से के बारे में बताया, हेनरी उसके लिए बहुत खुश था, या फिर इसलिए खुश था क्योंकि विलियम काम से थोड़ा परेशान रहता था, अब सितारा के बहाने कहीं-न-कहीं गुम रहता था।

अगली बार विलियम और हेनरी साथ में काकोरी पहुँचे। सितारा और बाक़ी औरतें अभी वही बैठी थी और एक दूसरे की बातें समेट रही थी। विलियम ने सितारा को हाथ हिलाकर 'हेलो' करने की कोशिश की, और सितारा ने भी शर्माते हुए एक मुस्कुराहट के साथ उसके 'हेलो' को स्वीकार कर लिया। हेनरी ने विलियम से कहा -

"Hey brother, go and talk to her."

"But about what?" विलियम थोड़े घबराकर बोला।

"Anything... about her, what she does, whatever."

"Does she know English? I only know a few sentences in Hindi."

"Brother, just try... थोड़ा तो कोशिश करो।"

"I can't... I'm too scared."

और वो दिन भी ऐसे ही चला गया, विलियम ने सितारा को दूर से ही "bye" करके अलविदा कर दिया और सितारा ने भी अपनी मुस्कुराहट में थोड़ी-सी बेचैनी दिखाकर उसे अलविदा किया।

अब विलियम से और सब्र नहीं हो रहा था, वो सितारा के बारे में जानना चाहता था और अपने बारे में बताना भी। फिर उसने एक तरकीब निकाली। विलियम के हाथ में जिस यूनिवर्सिटी की देख-रेख का जिम्मा था, उसमें एक मक़बूल नाम का लड़का, करीब 25 साल का, गणित पढ़ाने आता था - विलियम की उम्र के करीब ही रहा होगा। उसने मक़बूल को अपनी तनखाह में से कुछ हिस्सा देने के साथ उससे यह वादा लिया की जो

भी वो मकबूल से करवाएगा, वो कभी किसी को नहीं बताएगा। मकबूल ने भी थोड़ा ज़्यादा कमाने के चक्कर में, उस समय "हाँ" भर दी, मगर उसको यह नहीं पता था कि आख़िर काम क्या है।

अगले हफ़्ते हेनरी को जैसे-तैसे मनाकर उसे विलियम ने लखनऊ ही रुकने को कहा और अपनी मोटरबाइक पर मकबूल के साथ, काकोरी के लिए रवाना हुआ। उसने मक़बूल को रास्ते में बताया की उसे उसके लिए क्या करना है, तो मकबूल का गला सुख गया, उसने रास्ते में ही कहना शुरू कर दिया - "Please, drop me back, I cannot do this for you, sir, you can punish me, मुझे वापिस छोड़ दो, सरजी।"

विलियम ने मकबूल की एक न सुनी और मोटरबाइक की स्पीड और तेज बढ़ते हुए कहा - "Don't worry, nothing will happen to you, it's my promise."

विलियम ने तो बड़ी आसानी से कह दिया की "Don't worry", मगर हम हिंदुस्तानियों को अंग्रेजों पर अभी उतना भी विश्वास नहीं था।

विलियम और मकबूल काकोरी के उस तालाब पर पहुँचे, तब विलियम ने मकबूल को सितारा को दिखाते हुए कहा - "She is Sitara". मक़बूल के मुंह से गलती से निकला - "She is beautiful." विलियम ने मकबूल के उपर ज़ोर से अपनी छड़ी घुमाते हुए कहा - "Don't you dare", आगे से सिर्फ़ एक जवाब आया - "सॉरी सिरजी, by mistake, it's beautiful for you only" और फिर विलियम हँसने लगा।

विलियम ने मकबूल से सिर्फ़ इतना कहा था की उसको सितारा से बात करनी है, तो वो बस एक ट्रांसलेटर की तरह बीच में रहेगा ताकि सितारा विलियम और विलियम सितारा एक दूसरे के बारे में जान सके। मकबूल ने अपना काम शुरू किया, उसने सभी बाक़ी औरतों से निवेदन किया की बस दस मिनट के लिए सितारा को सिरजी से बात करने दिया करो, सिरजी बहुत दूर से आते है, सिर्फ़ सितारा के लिए।

औरतों ने सितारा को चेतावनी दी, सितारा घबरा गई, मगर विलियम की आँखों में पता नहीं ऐसा क्या जादू था की औरतों को भी उसपर विश्वास

हुआ। फिर उसके बाद से जब भी विलियम काकोरी आता तो मकबूल को साथ लाता। सितारा, विलियम और मकबूल के बीच बहुत बातचीत होती, हेनरी भी बीच-बीच में विलियम के साथ आने लगा, और मकबूल की जरूरत कम पढ़ने लगी, क्योंकि शायद अब सितारा और विलियम एक दूसरे को बिना ज़्यादा बातों के ही थोड़ा बहुत समझ जाते थे। काकोरी के छोटे से तालाब के पास यह एक छोटा-सा परिवार हफ़्ते में एक दिन के लिए मिल लेता था।

विलियम को एक दिन पता चला की सितारा मिट्टी के मटके तो अच्छा बनाती ही है साथ-साथ, उसपर रंगों से गांव भर के दृश्य भी होते है और उसे यह तब पता चला जब सितारा ने उसे एक छोटा सा मटका भेट दिया जिसपर तालाब के पास वो परिवार था, जो हफ़्ते में एक बार मिलता था। विलियम ने अपने आँसू रोकते हुए सितारा को वादा करते हुए कहा - "I will do something for your art, इसको काफ़ी आगे लेकर जाएँगे"। यह सुनकर सितारा अपने आँसू नहीं रोक पायी।

विलियम जब उस छोटे से मटको को लखनऊ लेकर गया और मैनेजर्स को दिखाया। साथ-साथ पूछा कि क्या यह कला इस यूनिवर्सिटी में सीखने के लिए कोई क्लास दी जा सकती है। मैनेजर्स ने हाँ में हाँ मिलाया और यह सिलसिला करीब तीन-चार महीने तक ऐसे ही चलता रहा, मगर इस पर कुछ फ़ैसला नहीं लिया गया। सितारा तो कभी-कभी पूछती भी थी कि - "कुछ हुआ क्या?", "सरकार ने अनुमति दी क्या?" मगर विलियम अब हार चुका था।

एक दिन विलियम श्याम को काफ़ी देर तक तालाब की तरफ़ देखता रहा। सितारा भी उस वक्त उसके पास ही बैठी थी, नवंबर का महीना था, तो ठंड के साथ रात भी जल्दी हो जाती थी। सितारा ने इशारा करते हुए पूछा - "no, go, घर, लखनऊ?"

"I wanted to do, something for you, मगर नहीं कर पाया, I am just helpless." - विलियम ने परेशान होते हुए कहा।

सितारा ने विलियम को समझाते हुए पहली बार उसके हाथ पर हाथ रखा और कहा - “कुछ नहीं होता, हम मटके यही पर बेचकर भी ख़ुशी से जी लेंगे, आप परेशान मत हो।”

“You go back home, नहीं तो दिक्क़त हो जाएगा।” - विलियम ने सितारा को समझाया।

“आप जब तक लखनऊ के लिए नहीं निकलेंगे तब तक हम भी घर के लिए नहीं निकलेंगे।” - सितारा ने जिद्द पकड़ ली।

वो दोनों एक-दूसरे की तरफ़ इस तरह देख रहे थे, जैसे दोनों ने कुछ खोया हो और फिर एक-दूसरे की आँखों में देखते हुए पा लिया हो, और फिर उस शाम विलियम और सितारा अँधेरे में कहीं ग़ुम हो गए।

जब अगले सवेरे सितारा की नींद खुली, तो उसने विलियम की जैकेट ओढ़ रखी थी और उसके हाथ में एक चिट्ठी थी। विलियम वहाँ से जा चुका था, लेकिन शायद चिट्ठी के ज़रिए कुछ सितारा से कहना चाहता था। मगर सितारा को चिट्ठी में कुछ भी समझ नहीं आया, क्योंकि उसमे अंग्रेज़ी में लिखा था।

सितारा ने विलियम का तीन-चार हफ़्ते तक इंतज़ार किया, मगर विलियम फिर कभी दोबारा काकोरी नहीं आया और सितारा उस चिट्ठी में लिखा हुआ मतलब नहीं जान पाई और उसे ऐसा एहसास हुआ कि शायद अब विलियम वापिस कभी न आए। कुछ दिनों बाद पता चला की सितारा “माँ” बनने वाली है। इस खबर से गांव में बहुत हंगामा हुआ, सिर्फ़ सितारा और उसकी बड़ी बहन पार्वती ही जानती थी कि यह बच्चा किसका है।

सितारा इस बच्चे को दुनिया में लाना चाहती थी, पार्वती ने सितारा के लिए लड़ाई करने में जान लगा दी। उन दोनों को काफ़ी धमकियाँ भी मिली, और साथ मार पीट भी हुई। उन दोनों बहनों को काकोरी से कुछ समय के लिए दूर रहना पड़ा और कुछ समय बाद सिर्फ़ पार्वती और एक नन्हे से बच्चे ने उस काकोरी गांव में वापिस कदम रखा।

पार्वती के लिए वो जॉनलाल उसकी छोटी बहन से कम न था और जॉनलाल के लिए पार्वती मौसी कम माँ ज़्यादा थी। इन 12 सालों में मौसी

ने विलियम का पता लगाने की बहुत कोशिश की मगर कुछ पता नहीं चल पाया।

लखनऊ अब और बस चुका था, स्कूल, यूनिवर्सिटीज, रेलवे दिन-प्रतिदिन बेहतर होते जा रहे थे। अब काकोरी में इतनी अच्छी शिक्षा तो थी नहीं, मगर जॉनलाल को मौसी ने सितारा जैसे मिट्टी के मटके बनाना सीखा दिया था। यह नजारा बहुत ही खास होता था, जब कोई जॉनलाल को देखता था और कहता था की देखो यह अंग्रेज़ कैसे मामूली से मटके बना रहा है।

जॉनलाल को गांव में बहुत बच के रहना पढ़ता था, कोई भी अंग्रेज़ आता तो उसको पसंद न करता क्योंकि शायद वो उन जैसा होते हुए भी उन जैसा नहीं था। हिंदुस्तानी कला को आज भी बस हाँ में हाँ मिलाया जाता था। जॉनलाल को अंग्रेज़ी भी नहीं आती थी, हिंदी वो बोल लेता था और थोड़ा लिख भी लेता था।

मौसी ने तय किया की अब जॉनलाल को थोड़ी अच्छी शिक्षा दी जाये ताकि वो भी कोई अच्छी नौकरी कर पाये। मौसी ने बचाया हुआ सारा पैसा इकट्ठा और जॉनलाल के साथ लखनऊ के लिए रवाना हो गई। मौसी और जॉनलाल को बहुत से धक्के खाने पढ़े। किसी स्कूल ने उनसे यह कहा कि साल की शुरुआत में आते तो दाख़िला हो जाता, और किसी ने जॉनलाल के रंग को देखकर मज़ाक बनाकर भगा दिया।

फिर एक दिन वो जब एक स्कूल में घुसे, तो एक अंग्रेज़ उस स्कूल की इंस्पेक्शन कर रहा था। उसने उन्हें वही पर रोक दिया और जॉनलाल की तरफ़ इशारा करते हुए पूछा - “Who is this boy and why he is wearing this, गंदा कपड़ा?” उसने यह सवाल यह सोच कर किया की शायद एक अंग्रेज़ बच्चे का अपहरण किया हो और अब उसे टॉर्चर किया जा रहा हो।

दोनों को वो सवाल आधा ही समझ आया, मौसी ने कोशिश की - “Study करना चाहता है, स्कूल में।”

“But why in this small school, he is an English man.”

फिर दोनों को कुछ समझ नहीं आया, मौसी ने फिर कोशिश की - "Study, my son, पढ़ना चाहता है।"

उस अंग्रेज़ ने मौसी को धक्का देकर पीछे कर दिया और जॉनलाल को अपनी तरफ़ खींचते हुए बोला - "Keep yourself away from this kid, इसे अपने जैसा मत बनाओ।"

जॉनलाल ने अपने को छुड़ाकर मौसी को संभाला और हकलाते हुए बोला - "म म... मैं पढ़ना चाहता हूँ, s s... study here."

मौसी ने कहा - "काकोरी से आए है, सिर्फ़ इसको study कराने के लिए।"

अंग्रेज़ ने कहा - "Ooh you both from kakori village, I used to go there a decade ago, मतलब मैं भी वहाँ कभी जाया करता था।"

मौसी के दिमाग़ में सिर्फ़ एक सवाल आया - "क्या आप विलियम को जानते है?"

यह सवाल सुनकर वो अंग्रेज़ घबरा-सा गया और रुककर पूछा - "How do you.... sorry, मेरा मतलब, तुम लोग विलियम को कैसे जानता है?"

मौसी को थोड़ा उस अंग्रेज़ पर विश्वास हुआ, और उसने बताया - "जॉनलाल बेटा है उसका।" और फिर इशारों से समझाने लगी।

उस अंग्रेज़ की आँखों में अब गुस्सा कम हो रहा था और हमदर्दी बढ़ रही थी। उसने जॉनलाल को ध्यान से देखा। वही चेहरा, वैसे ही आँखे, नाक़ शायद माँ पर, मगर बाल बिल्कुल वैसे। उसने जॉनलाल को इशारे से पास बुलाया और हाथ बढ़ाकर कहा - "Hey, मैं हेनरी, विलियम का दोस्त।"

मौसी के आँखों में ख़ुशी के आँसू थे, उन्हें ऐसा लग रहा था की शायद अब जॉनलाल को विलियम तक पहुँचा सकती है और जॉनलाल मौसी को देखकर कुछ न कुछ सोच रहा था कि इतने में मौसी ने पूछा - "विलियम कहा है?"

हेनरी ने जॉनलाल को पकड़कर पास की बेंच पर बैठाया, मौसी को भी बैठने को कहा, और फिर 12 साल पहले जो हुआ था, वह बताया। विलियम सितारा की उस कला को आगे लाना चाहता था, मगर अंग्रेज़ सरकार फ़िलहाल इस चीज़ के हित में नहीं थी और विलियम बुरी तरह से टूट चुका था। हेनरी ने उसे बहुत समझाया की सितारा से जाकर मिल आए, मगर विलियम की हिम्मत नहीं हुई। विलियम का अब काम में बिल्कुल मन नहीं लगता था, तो वो हमेशा के लिए, वापिस अपने घर यानी यूनाइटेड किंगडम चला गया।

मौसी और जॉनलाल ने बढ़े धीरज से अपने आपको संभाला। फिर मौसी ने अपने थैले में से वो चिट्ठी निकाली, जो विलियम सितारा के हाथ में थमा कर गया था, और हेनरी के हाथ में थमा कर पूछा - "विलियम ने दिया था, सितारा को, अंग्रेज़ी में है।"

हेनरी ने उस चिट्ठी को मन ही मन में पढ़ा और इस तरह मुस्कुराया, जैसे अपने आँसू रोक रहा हो। जॉनलाल ने इशारों में पूछा कि क्या लिखा है, तो हेनरी ने बोला - "Don't worry, तुम इसे ख़ुद पढ़ना, मैं तुम्हें study करवाऊँगा, don't worry about money."

मौसी और जॉनलाल हेनरी के इस फैसले से बहुत खुश थे। उनकी मुलाक़ात चाहे विलियम से न हुई हो, मगर कोई ऐसा था जो विलियम और सितारा की कदर करता था और इसी वजह से जॉनलाल को भी अपना चाचा मिल गया था, अंग्रेज़ी में कहे तो - "Uncle".

करीब तीन साल बाद, जॉनलाल सिर्फ़ जॉन के नाम से जाना जाने लगा। हकलाता अभी भी था, मगर अंग्रेज़ी बोल लेता था। अब हिंदुस्तानी उसके आगे सलाम करके जाते थे या फिर उनका डर था, यह तो जॉन को भी नहीं पता था।

कितना अजीब है, कुछ साफ़-सुथरे कपड़े, थोड़ी-सी अंग्रेज़ी आना और गोरा रंग हमें समझदार और ताक़तवर बना देता है। वहीं मिट्टी में अपनी कला से घड़े बनाना, मैकेनिक होकर इंजन रिपेयर कर देना, कारपेंटर होकर फर्नीचर बनाना और साँवला रंग हमें बेवकूफ़ दिखाने लगता है। यह सोच

हिंदुस्तान के मन में कब बसने लगी, पता ही नहीं चला, और शायद इसी सोच के कारण हम आज भी गुलाम हैं।

जॉन का “Higher Education” का वक्त आ चुका था। हेनरी एक साल बाद दिल्ली से लौटा था। जॉन ने हेनरी अंकल से वो चिठ्ठी माँगी जो पिता यानी विलियम ने उसकी माँ सितारा को दी थी क्योंकि अब वो फटाफट अंग्रेज़ी पढ़ लेता था। हेनरी ने भी ज़्यादा परेशान न करते हुए, वो चिठ्ठी जॉन को दे दी। जॉनलाल ने वो चिठ्ठी बुलंद आवाज़ में पढ़ना शुरू किया -

Dear Sitara,

I am not able to give proper value to your art, and I feel very helpless about that. After coming to India, I am very disappointed to see that we are ruling a country with such beautiful nature and talented people, yet failing them. I also want to become an artist, but in order to be independent, I am doing a useless job here.

My friend Henry and I always say -
“We are bigger slaves than these smaller slaves,"
“But we know that, these Indian fools don't"

I will always love your art, Sitara. We will meet soon.
Yours,
William

जॉनलाल का एक आँसू उस चिठ्ठी पर आकर गिरा, हेनरी ने उससे संभाला। जॉनलाल के सामने एक ऐसा सच था जो उसके अंदर काफ़ी सवाल खड़े कर रहा था। वो अपने घर के आँगन में गया और वहाँ से दूर कुछ दूकाने दिख रही थी, जिसमे एक मालाकार कुछ अजीब से पत्थरों की एक माला बना रहा था, कपड़े कुछ खास नहीं थे, मगर चेहरे पर एक मुस्कान थी। दुकान के ऊपर लिखा हुआ था - “पुरानी माला दुकान”।

पीछे हेनरी आकर खड़ा हुआ और उसने पूछा - "So, now which subject will you take in higher education? Or want to make Mitti wala Matka."

जॉनलाल ने हेनरी को कस के गले लगा लिया और उस चिट्ठी को अपने पास कहीं छुपा लिया।

यह सोचकर हैरान मत होना कि न जाने ऐसे कितने हिंदुस्तानियों ने अपनी कला को higher education और नौकरियों के चक्कर में कहीं छुपा लिया होगा। अंग्रेजों का तो पता नहीं, मगर हिंदुस्तान की कला कई सालों से अंग्रेज़ी भाषा में कहीं छुप सी गई है।

वक्त लगता है...

भारत को आजाद हुए करीब 36 साल हो चुके थे, मगर अब भारत में राजा-महाराजाओं का शासन ख़त्म हो चुका था और अब सरकार ने अंग्रेजों के तौर-तरीकों को भी काफ़ी हद तक ख़त्म करके एक आज़ाद देश की तरफ़ बहुत तेज़ी से हाथ बढ़ाना शुरू कर दिया था।

जहाँ पर पहले सिर्फ़ हिंदुस्तानियों के लिए छोटी-मोटी नौकरियाँ करने को होती, अब विज्ञान और तकनीक में भी बहुत सी शिक्षा देने जाने लगी थी। जब से देश आज़ाद हुआ था, तब से देशवासियों के भीतर से क़र्ज़ का बोझ हट गया था, जैसे पहले वे क़र्ज़ पर जीते हों और क़र्ज़ न चुकाने पर सज़ा मिलती हो। मगर अब हर एक देशवासी के लिए मौलिक अधिकार लाए जा रहे थे। आने वाली नई पीढ़ी के लिए आज़ादी से पहले की कहानियाँ बस अब एक किताब के तौर पर रह गई थी, क्योंकि उन्होंने आज़ाद देश में जन्म लिया था।

रिया अग्रवाल, फील्ड ऑफिसर, एम.ऐस.सी. (ऑनर्स) फिजिक्स, ग्रेजुएशन IIT बॉम्बे, बहुत ही गॉटर्न किस्म की लड़की थी, जो MNES में काम करती थी। MNES यानी की मिनिस्ट्री ऑफ़ कन्वेंशनल एनर्जी का यह उद्देश्य हुआ करता था की कैसे "renewable energy" बनाने वाली तकनीकों को भारत में भी लाया जाए और उसका उपयोग बढ़ाया जाये। उस दिन रिया को अपना पहला फ़ील्डवर्क प्रोजेक्ट के लिए मंज़ूरी दे दी गई थी। इसी वजह से आज उसके घर पर एक छोटा-सा समारोह था जो उसने ख़ुद आयोजित किया था।

"पापा, यह लो बेसन के लड्डू, सबसे पहले आप मुंह मीठा करो।"

"अरे बेटा, पहले माँ को खिला दे, नहीं तो उसका मुंह बन जाता है और कहेगी, पापा-पापा करती रहती है पूरा दिन, माँ के लिए तो वक्त ही नहीं है।"

"Come on पापा, just chill अभी माँ को भी खिला दूँगी, मगर पहले आप तो खाओ।"

"एक बात बताओ, तुमने माँ को बता तो दिया न कि किस वजह से यह समारोह रखा है।"

"अरे पापा, बता दूँगी, आप पहले खाओ।"

"दो दिन बाद निकलना है, बस 50 किमी. की दूरी पर एक छोटा सा गांव है, जहाँ पर डिस्पेंसरी है, मेरे साथ मेरे ऑफिस वाले भी होंगे, बस... सिर्फ़... कुछ... यही एक महीने का काम है, और फिर वापिस।" रिया ने "बस", "सिर्फ़", "कुछ" को ज़ोर देते हुए बात ख़त्म की।

माँ का लड्डू अभी तक गले से नीचे उतरा ही नहीं था कि यह बात सुनकर माँ का मुंह फिर से फीका हो गया था।

"यह एक महीने तेरे लिए 'सिर्फ़ कुछ है', अजी सुन रहे हो आपकी बेटी क्या कह रही है? एक महीने के लिए गांव में जाएगी ये, वो भी ऑफिस के मर्दो के साथ, क्या करूँ मैं इस लड़की का..." - यह बोलते-बोलते रिया की माँ दूसरे कमरे में पहुँच गई, जहाँ से रिया के पापा कान लगाएं सब सुन रहे थे और रिया की माँ को देखते ही झट से अख़बार में घुस गए और बोले - "अब क्या कर दिया, क्यों शोर करती हो।"

उसके बाद जिन पड़ोसियों को श्याम के समारोह का न्योता देने जाना था, वो देने ना जाना पढ़ा क्योंकि घर पर ही इतना हंगामा हो गया था कि पूरे मोहल्ले को पता चल गया था कि बात क्या है।

जैसे-तैसे हंगामा ख़त्म हुआ और '1-2' की बहुमत से जीत हुई। अब श्याम को लड्डू खाये या ना खाये, उस समय लड्डू किसी का भी खाने का मन नहीं था। समारोह हुआ, पापा और रिया ने सम्भाल लिया, माँ का मुंह बना रहा और लोगो का क्या है, मॉडर्न लोगो ने तारीफ़ की और पिछड़े हुए लोगो ने रिया के माँ के कान भरे, मगर अब कुछ नहीं हो सकता था क्योंकि स्कोर ' 1-2' पर समाप्त हो चुका था।

दो दिन बाद रिया के ऑफिस से एक सरकारी जीप आई जिसपर तीन लोग रिया के ऑफिस से थे और एक लेडी कांस्टेबल थी, उसे शायद रिया

की प्रोटेक्शन के लिए रखा था। यह देखते ही उसकी माँ की जान में जान आ गई, जो पिछले दो दिनों से इधर-उधर भागते-भागते थक चुकी थी।

इसी बात पर माँ, बेसन के बचे हुए दो डिब्बों में से एक डिब्बा सबका मुंह मीठा कराने के लिए ख़ुद लाई, शायद वो इस बात से थोड़ा संतुष्ट हो गई थी कि अब रिया का ध्यान रखने वाली कोई औरत भी उसके साथ है और रिया तो वैसे भी नहीं रुकने वाली, तो क्यों न खुश होकर विदा किया जाये।

"चलो, मैं चलती हूँ माँ, पापा bye, मिलते है जल्द।"

"हाँ, बेटा ध्यान रखना, फ़ोन करते रहना और हो सके तो घर के खाने को कुछ दिनों के लिए भूलकर, गांव के खाने का मज़ा लेना।" - पापा ने मुस्कुराकर विदा करते हुए कहा।

दूसरी तरफ माँ ने मुस्कुराहट छुपाकर, चिंतित और भावुक होकर विदा किया, पता नहीं क्यों अभी भी कहीं-न-कहीं एक डर उनके मन में कहीं छुपकर उन्हें परेशान कर रहा था। बात यह नहीं थी कि रिया अकेली दूर कहीं जा रही थी, वो पहले भी पढ़ने के लिए, इससे भी ज़्यादा दूर जा चुकी थी, बात यह थी कि वो अनजान गांव और अनजान लोगो के बीच जा रही थी। खेर वो सरकारी जीप चंद सेकंडों में धुंधली होकर कहीं गुम हो गई और मिस्टर और मिसेज़ अग्रवाल वापिस घर के अंदर आ गए।

जीप में रिया और बाकियों की बातें शुरू हुई और लेडीज कांस्टेबल ने भी बातों में अपने ध्यान गढ़ाए रखा। रिया के साथ था 'राजेश' जोकि उसका जूनियर था और 'श्री निवासन ईयर' उसका सीनियर और 'पंडित' रिया के साथ का था, मगर रिया जितना उत्तेजित कोई भी नहीं था, क्योंकि शायद बाक़ी सबको ऐसी आजादी मिलती रहती थी, मगर रिया के लिए यह पहला मौका था।

"यार, मज़ा आयेगा वहाँ पर, घर बैठे-बैठे पक गए थे।" रिया ने कहा।

"Enjoy करने जा रही हो या काम करने।" ईयर ने पूछा।

"अरे सरजी, पहली बार है रिया का, क्यों इतना pressure देते हो?" - पंडित बोला। "रिया तुम पूरे मजे लो गांव के, शहरों में क्या ही रखा है, असली मजा तो गाँवों में है।"

राजेश सबका जूनियर था और उसका भी यह पहला फील्ड वर्क था। बस वो चुप बैठे सबकी बातें सुन रहा था। पंडित ने पूछा - "अरे राजेश, इतना गुम-सुम क्यों बैठो हो, तुम्हें मजे नहीं करने क्या गांव में?"

"अरे, राजेश come on chill, ऑफिस में थोड़ी बैठे है, सफ़र को enjoy करो।" - रिया ने कहा।

राजेश कुछ बोलता इससे पहले ही ईयर सर बोल पड़े - "Rajesh is smart, he knows what to do and what not to?"

राजेश यह सुनकर और ज़्यादा चुप हो गया और यहाँ रिया और पंडित का भी मूड ऑफ हो गया। रिया और पंडित के मन में एक ही बात चल रही थी कि ये ईयर को क्यों भेज दिया। खैर, ईयर सिर्फ़ सात दिन के लिए ही गाँव में रहने वाला था। वह बस इन तीनों को ट्रेनिंग देकर और रिया को लीड करने की जिम्मेदारी देकर लौटने वाला था।

करीब दो घंटे बाद वो 'धुलाना' नाम के गांव में पहुँचे, पहले डेढ़ घंटे का सफ़र तो आराम से कटा मगर आख़िरी आधे घंटे में सब बैठने और खड़े दोनों होने के लायक नहीं बच्चे थे।

"इससे अच्छा तो यह रास्ता पैदल ही नाप लेते" पंडित परेशान होकर बोला।

"पंडित, तुमने तो कहा था गांव में बड़े मजे आते है, ऐसा लग रहा है कि अभी टीचर ने आधे-एक घंटे मुर्गा बनाकर वापिस खड़ा किया है।" रिया ने छेड़ते हुए कहा।

"ओ हो हो, बड़ा तजुर्बा है तुम्हें मुर्गा बनने का।"

"मुझे मुर्गे देखने का है, तुम्हें देखकर स्कूल के लड़कों की याद आ गई।" रिया ने हँसते हुए पंडित को धक्का दिया, और पंडित के मुंह से निकला - "अरे रे रे... हुई... जरा आराम से, देख लूँगा तुमको।"

राजेश और ईयर सर इन दोनों को छोड़, गांव की तरफ़ बढ़ने लगे थे।

"See these two, पता नहीं क्या ही करेंगे यहाँ ये एक महीना?" - ईयर सर ने कहा।

राजेश मुस्कुराना चाहता तो था, लेकिन चुपचाप ईयर सर को सुन रहा था। लेडीज कांस्टेबल ने रिया को हैंड पम्प देखते हुए कहा - "वहाँ से हाथ मुंह धो लो और फिर जहाँ पर रुकना है उसका पता पूछते है, यही कहीं होना चाहिए।"

"वैसे आपका नाम क्या है मिस?" और बैच की तरफ़ देखकर रिया ने पढ़ा - "दुर्गा देवी।"

"मुझसे कुछ भी बात करनी हो या कुछ काम हो तो आप सब लोग मुझे दुर्गा मैडम बुला सकते है, कोई दिक्क़त नहीं है, फ़िलहाल रुकने की जगह देखते है।" - दुर्गा देवी जी ने बहुत ही ऊँचे स्वर में यह आग्रह किया।

श्याम हो गई थी, सब अपने कमरों में पहुँच गए थे, कमरे जिस जगह पर थे वो जगह गांव से थोड़ा हटकर थी। कल गांव की इंस्पेक्शन के लिए निकलना था। दुर्गा मैडम और रिया का एक कमरा था और राजेश, ईयर सर और पंडित का अलग।

"यह रिया नहीं टिक पाएगी यहाँ पर, I doubt." ईयर सर ने सोने से पहले अपना नजरिया रखा।

"क्या, ईयर सर थोड़ा समय दीजिए, हो जाएगा सब, थोड़ा सा औरतों पर भरोसा करना सीखो।" पंडित ने कहा।

"तुम उसका पल्लू पकड़कर घूमो, ऐसे काम नहीं होता है, work needs discipline" ईयर सर ने मुंह बनाकर कहा और दूसरी तरफ़ मुंह करके सो गए।

राजेश, पंडित की तरफ़ देखते हुए थोड़ा हँसा, और पंडित राजेश की तरफ़ देख कर हैरान हुआ की यह भी हँसता है, फिर वो भी हँसा। वहाँ दूसरे कमरे में दुर्गा मैडम ने रिया से पूछा - "रिया जी आप बड़ी मॉडर्न लड़की हो, काफ़ी कम लड़कियाँ है ऐसी इस देश में जो खुलकर ऐसे फैसले कर पाती है, इसी बहाने हमे भी ऐसी औरतों के साथ बातें करने का मौक़ा मिल जाता है, नहीं तो वही छोटी-मोटी बातों में ही सारा वक्त चला जाता है।"

"हाँ, thanks to my papa, उन्होंने हमेशा मुझे support किया है, मैंने काफ़ी जगह explore की है और आगे भी करती रहूंगी, यह एक महीना भी अच्छी तरह से explore करूँगी।"

"यह बात रिया जी, ऐसे ही explore करते रहो, जिंदगी को खुल के जियो, और हाँ एक और बात, इस पंडित से दूर रहो, बहुत ही चिपकने की कोशिश करता है।"

"अरे, just chill, पंडित ऐसा ही है, कुछ समय बाद उसकी शादी है कुछ दिन के लिए हस खेल लेने दो उसे, क्यों उसकी मस्ती पर लात मारनी।"

और फिर इन दो औरतों के बीच बातें कब तक हुई पता नहीं, मगर गांव में सुबह शहर से थोड़ी जल्दी हो जाती है, और यह बात वहाँ का मुर्गा सुबह चीख-चीख कर बताता है। राजेश जो अपनी सपनों की दुनिया में सो रहा था, पहली बार उसके कान में ऐसी आवाज़ सुबह-सुबह आई थी। वो उठ कर ऐसे खड़ा हुआ जैसे उसके कान में किसी ने पीपनी बजा दी हो।

सब अपने आपको थोड़ा और जगाने के लिए कमरों के बाहर आए, और पंडित की नज़र रिया पर गई जोकि खुले बालों के साथ, हैंडपंप के नीचे बैठे मुंह दो रही थी। राजेश पंडित के साथ आकर खड़ा हुआ और खांसने का नाटक किया, और साथ ही पंडित का मूड भी खराब किया।

"उठ गए बे? कैसी रही रात?" पंडित ने राजेश की पीठ थपथपाकर पूछा।

"अच्छी थी, बढ़िया, शांत..." बस कुछ शब्दों में राजेश ने उसका जवाब ख़त्म किया।

फिर उन्होंने ईयर सर को देखने के लिए इधर-उधर नज़रे घुमाई, तो पाया सरजी भी, रिया को आँखे फाड़ कर देख रहे थे। पंडित और राजेश ने एक दूसरे की तरफ़ देखा, और ईयर सर को बिना परेशान किए अपने कमरे में तैयार होने के लिए चले, तो पंडित ने मजे लेते हुए कहा - "मुझे तो अब ईयर सर पर doubt हो रहा है, की वो रिया के साथ 'discipline' में काम कर पाएंगे या नहीं।" और राजेश की तरफ़ देखकर पंडित फिर हँसने लगा।

रिया में कुछ तो ऐसा था, जो बाक़ी औरतों में नहीं था, शायद उसका मॉडर्न होना, खुलकर जीना, अलग सोच रखना और अपना रास्ता ख़ुद चुनना। काफ़ी हिम्मत चाहिए होती है, ऐसी जिंदगी जीने में, ख़ासकर के जब हम 150 साल ग़ुलाम रहे हो और हमने स्त्री के रूप में जन्म लिया हो।

धुलाना गांव में रिया जितना मॉडर्न कोई नहीं था। जब यह चारो गांव की इंस्पेक्शन करने निकले तो गांव के लोग रिया जैसी मॉडर्न लड़की को, कैसे अपनी आँखों में एडजस्ट करे उन्हें समझ नहीं आ रहा था। कोई मर्द अपनी बीवी से नजरे चुराकर रिया को देखता, कोई बुजुर्ग ऐसे मुस्कुराता जैसे वो फिर से किसी अंग्रेज़ी मेमसाहब को देख रहा हो और कोई नमस्ते मैडम करते हुए साइड से साइकिल निकलता हुआ बार-बार जाता।

ऐसी उत्सुकता तो गांव के मर्दो में तब नहीं दिखी थी, जब इसी साल भारत क्रिकेट का वर्ल्ड-कप जीता था। अब उनके लिए रिया के सामने वर्ल्ड-कप वाली बात बहुत आम सी लग रही थी। इंस्पेक्शन करते-करते रिया, राजेश और पंडित ने अपना ध्यान काम पर ही रखा, मगर गांव वालो ने रिया मैडम का ध्यान रखने में। उस दिन वापसी करते हुए दुर्गा मैडम ने रिया को धीमे से बोला - "आज और अगले कुछ दिन यह गांव इतनी आसानी से भूलने नहीं वाला।"

जब रात को चारों खाने लिए लिए बैठे तो ईयर सर ने रिया से कहा - "रिया तुम थोड़ा गांव टाइप कपड़े नहीं पहन सकती। It will be good for you and these villagers both."

पंडित बोला - "अरे सरजी, सही तो है सब कुछ...", इतने में रिया ने पंडित को टोकते हुए बीच में पूछा - "क्यों, what's the problem in these clothes?"

"No, there is no problem in these clothes, I mean गांव के लोगो को आदत नहीं है।" ईयर सर ने अपने आपको बचाते हुए कहा।

"देखो ईयर सर लोगो का ठेका मैंने नहीं ले रखा और हाँ कुछ वक़्त की बात है फिर इन गांव वालो को भी आदत हो जाएगी मेरी और मेरे कपड़ो की, यह सब मर्द एक जैसे होते है, मर्द क्या सब इंसान एक जैसे होते है।

जब भी कुछ नया दिखता है तब उत्तेजित हो जाते है, और पता नहीं क्या-क्या कर बैठते है। मैं बस यही कहूँगी की स्त्रियों को वैसे भी खुलकर जीने का बहुत कम मौक़ा मिलता है। तो जब मौक़ा मिला ही है तो मैं तो कोई समझौता नहीं करूँगी, एडजस्ट गांव वालो को ही करना सीखना पड़ेगा।" रिया यह बातें बोलकर, अपनी थाली उठाकर चल दी।

इसके बाद ईयर सर, पंडित और राजेश एक दूसरे की शकल देखते रह गए और दुर्गा देवी जी ने ज़ोर से "हम्म...." किया, और अपनी थाली उठाकर वो भी चल दी।

"वैसे मैम ने बात तो ठीक कहीं है, इंसान कुछ नया देखकर उतावला तो होता ही है" राजेश ने पहली बार इतना ज़्यादा बोला, मगर पंडित और ईयर सर का फ़िलहाल इस समय कुछ बात बढ़ाने का मन नहीं था।

अगले दिन पंचायत बिठाई गई, पंचायत बैठने का दिन नहीं था, लेकिन ईयर सर ने पंचों से बात करके, गांव वालो को कुछ सूचना देनी थी, इसलिए लोगो को इकट्ठा करना जरूरी था। गांव के लोगो के लिए ख़ुशख़बरी यह थी कि गांव की डिस्पेंसरी में रेफ्रीजरेटर लगने वाले है और वो इसलिए ताकि पोलियो, DPT, BCG, टेटनस जैसी वैक्सीनेशन वहाँ के लोगो के लिए लाई जा सके। अभी तक ऐसा इसलिए नहीं हो पाया था क्योंकि गांव में बिजली की बहुत तंगी रहती थी इसलिए वैक्सीन खराब हो जाती थी। अब 'सोलर पैनल' के भरोसे रेफ्रिजरेटर में वैक्सीन काफ़ी दिनों तक संभाली जा सकती थी, और इसी कारण 'सोलर पैनल' की टेस्टिंग डिस्पेंसरी की छत पर की जानी थी।

गांव के लोगो को पंचायत की बैठक से जब यह पता चला तो लगभग सभी को बहुत ख़ुशी हुई और कुछ लोगो ने इसके ख़िलाफ़ आवाज़ उठाने करने की कोशिश भी की, मगर उन्हें यह कहकर शांत करा दिया गया कि यह सरकारी काम है कृपया इसमें दखलअंदाजी ना की जाये। ईयर सर ने रिया को 'सोलर पैनल' कैसे काम करेंगे गांव वालो को समझाने के लिए आगे किया। रिया को देखने के चक्कर में सबने 'सोलर पैनल' के बारे में ध्यान से सुना भी, शायद ईयर सर की बातें लोग इतनी ध्यान से न सुनते।

एक बंदा तो रिया की बातें सुनकर इतना उत्तेजित हो गया की उठकर बोला - "वाह रिया मेमसाहब, क्या खूब काम कर रहे हो आप, बहुत खूब, मजा आ गया।"

इतने में एक और आदमी उठकर बोलता - "अरे भाई शांत, काम तो सूर्य देव कर रहे है, सुना नहीं क्या की सूरज की किरणों से बनेगी बिजली, चल बैठ जा आराम से।"

राजेश और पंडित रिया की तरफ़ देख कर हँसे और रिया ने मुंह बनाकर आँखों से बोला, तुम्हें तो मैं बाद में देखती हूँ। आज गांव वालो को कुछ नया पता चला था, और इसी करण आज सब रिया को लेकर नहीं, 'सोलर पैनल' को लेकर उत्तेजित थे। सबके दिमाग़ में बहुत से सवाल थे कि - "सोलर पैनल कैसा होगा?", "वैसे बिजली बनती कैसे है?", "क्या सच में अब कोयला इस्तेमाल नहीं हुआ करेगा?"...

करीब पाँचवे दिन तक डिस्पेंसरी में कहाँ सोलर पैनल सेट-अप करना है, तय हो चुका था और अगले ही दिन सोलर पैनल दिल्ली से आने वाले थे। रिया ने घर पर सबको फ़ोन करके बता दिया था कि गांव में सब ठीक है। अब उसकी माँ की फ़िक्र वक्त के साथ कम हो रही थी और गांव में रिया किसी की बेटी बन चुकी थी, किसी की दोस्त, किसी की मौसी, तो किसी की पोती, क्योंकि जब भी श्याम को रिया और उसकी पूरी टीम वापिस आ रही होती तो गांव के लोगो के साथ समय बिताती, जिसमे रिया वहाँ के बच्चो के साथ खूब बातें करती और गांव के लोग रिया को अब उस नज़र से देख ही नहीं पाते जिस नज़र से वो पहले दिन देखा करते थे। 1983 वर्ल्ड कप की तरह, अब रिया भी सब के लिए आम सी बात बन गई थी।

लेकिन गांव के कुछ आवारा लड़कों का मर्द अभी भी जीवित था, उनको भी शायद रिया की आदत हो गई थी, लेकिन जवानी में कभी-कभार कुछ ख्याल ऐसे होते है, जिसे एडजस्ट करने में इंसान को बड़ी दिक्क़त आती है। उन कुछ आवारा लड़कों में से एक लड़का था 'पिंटू'। जब भी रिया फील्ड वर्क पर आती थी, पिंटू वेलों की तरह आस-पास के चक्कर लगाता रहता था, एक बार तो उसने रिया को सीटी बजाकर थोड़ा छेड़ भी

दिया था, मगर पंडित ने उसे भगा दिया। पिंटू का रिया को देखकर एक 'पेट गाना' बन चुका था जो वो मन ही मन गाता था - "रिया ने, चुरा लिया रे मेरा जिया...मज़ा-मज़ा मुझे आ गया।"

ईयर सर दिल्ली वापस जा चुके थे, रिया टीम को लीड कर रही थी, गांव के कुछ लोगो को काम पर रखा गया था जो समान चढ़ाने और उतारने में मदद करते थे। कभी-कभी रिया मेमसाहब को देखने के लिए मुफ्त में ही काम करने लोग आ जाते थे, जिसमे पिंटू और उस जैसे कुछ और लोग भी होते थे। दुर्गा मैडम फील्ड वर्क पर रिया के साथ ही रहती थी और एक दो लोगो के लट्ठ भी बजा चुकी थी इसलिए कि वो जो काम करने आए है वो करे और रास्ता नापे।

करीब तीन हफ़्ते निकल चुके थे, अभी तक सब सही चल रहा था। मगर पता नहीं गांव में कहीं से यह खबर फैल गई थी कि जो 'सोलर पैनल' गांव में लगा रहे है वो सोने-चाँदी से भी ज़्यादा महंगा है। पिंटू को भी यह बात पता चली और उसके बाद पिंटू का शैतानी दिमाग़ चलने लगा। उसने 'सोलर-पैनल' चुराने का एक बढ़िया प्लान तैयार किया और जान-बूझकर चोरी की खबर रिया, पंडित और राजेश तक पहुँचाने को कही।

पिंटू और उसके दोस्त चोरी रात 10 बजे करीब करने वाले थे। रिया ने पंडित, राजेश और दुर्गा मैडम को कहा की पकड़ कर लाओ उनको, करते है पुलिस के हवाले, मैं यही इंतज़ार करती हूँ। पंडित ने दुर्गा मैडम को वही रुकने को कहा, मगर रिया ने कहा की तुम सब जाओ, मुझे यहाँ कुछ नहीं होगा।

वो तीनो वहाँ से निकले ही थे कि इतने में पिंटू और उसका एक दोस्त रिया के कमरे की तरफ़ निकले। रिया कमरे में ही बैठी थी, लालटेन जल रही थी, इतने में बाहर से आवाज़ आई - "रिया ने, चुरा लिया रे मेरा जिया... मज़ा-मज़ा मुझे आ गया..."

रिया घबरा गई, और एक दम से पिंटू और उसका दोस्त रिया के कमरे में घुसे और पूछा - "कैसी है रिया मैडम, थोड़ी सी मदद चाहिए थी आपकी, ज़्यादा टाइम नहीं लेंगे आपका।"

"तुम तो वही होना, जो उस दिन मुझे देखकर सीटी बजा रहे थे?" रिया ने आगे से सवाल किया।

"जी मैडम सही पहचाना, काफ़ी दिनों से जी ललचा रहा था, बस चखने का मौक़ा नहीं मिल रहा था, आज मिला है, मज़ा आयेगा।"

और उसके बाद उस रात के अंधेरे में खूब चीखें, बस उस रात में कहीं खोकर रह गई। अगले दिन सुबह, जिस डिस्पेंसरी में 'सोलर पैनल' का काम चल रहा था, उसी के बाहर गाँव के काफ़ी लोग इकट्ठा हुए थे, और एक-दूसरे से आँख भी नहीं मिला पा रहे थे।

राजेश ने पंडित से पूछा - "अब कैसी हालत है उनकी?"

"क्या ही बोले यार, यह समझ नहीं आता, ऑफिस में क्या जवाब देंगे की इतनी लापरवाई कौन करता है" पंडित ने कहा।

"तुम दोनों का पता नहीं, मुझे मेरी नौकरी पर खतरा नज़र आ रहा है अब, पता नहीं क्या से क्या हो गया" दुर्गा मैडम परेशान होकर, इधर-उधर चक्कर काट रही थी।

इतने में डॉक्टर अंदर से आया और बोला - "रिया मैडम, दुर्गा मैडम का पूछ रही है।"

पंडित और राजेश की फट्टी पढ़ी थी। दुर्गा मैडम अंदर गई और उस कमरे में घुसी जहाँ पर रिया, पिंटू और उसका दोस्त था। रिया ने कहा - "इन दोनों का बयान लिखो, यह ख़ुद बताएंगे।"

तभी पिंटू जिसके हाथ-पैर में बुरी तरह से चोट लगी हुई थी और उसके दोस्त के शरीर पर भी कई हिस्सों में चोट थी, उन्होंने बोलना शुरू किया - "देखिए दुर्गा मैडम, हम अपना गुनाह कबूल करते है, हमने 'सोलर पैनल' चुराने की कोशिश की और जब आपने हमे चुराते हुए देखा तो बहुत पीटा, आगे से हम चोरी नहीं करेंगे, आप हमे जो सजा देना चाहे दे सकती है।"

पिंटू और उसके दोस्त के इस बयान को सुनकर दुर्गा मैडम हैरान थी और यह बात गांव में फेल गई कि पिंटू और उसके दोस्त ने चोरी करनी की कोशिश की इसलिए उनका यह हाशिये हुआ।

एक महीना लगभग पूरा हो चुका था। सोलर पैनल का भी सेट-अप हो चुका था और अब बीच-बीच में आकर बस देख-रेख करनी थी। रिया, राजेश और पंडित ने गांव वालो को बधाई दी की अब सोलर पैनल के कारण और भी कई नए इलाज इस गांव में हो पायेंगे। फिर गांव के एक आदमी ने नारा लगाया की - "सूर्य देव की", आगे सब बोले - "जय हो।", "सूर्य देव की", "जय हो।"...

सरकारी जीप दिल्ली रवाना होने के लिए तैयार खड़ी थी। सब जीप में बैठने लगे ही थे कि गांव वालो ने कुछ न कुछ सबको भेंट में दिया, ताकि धुलाना गांव की यादें उनके साथ जाये। जीप चलने लगी तो पंडित बोला - "यार, यह रोड सही कर दी क्या एक महीने में? झटके कम लग रहे है।"

"झटके कम नहीं लग रहे, अब तुम्हें इस गांव की आदत हो गई है, मैंने कहा था न, नई चीज़ो के साथ ढलने में वक्त लगता है।" रिया ने कहा

"मगर रिया मैडम, यह पिंटू जैसे लड़के नई चीज़ो में क्यों नहीं ढल पाते?" - राजेश ने पूछा।

"हरामी होते है, साले..." दुर्गा मैडम ने गुस्से से आगे वाली सीट से जवाब दिया।

"हरामी है या नहीं मुझे नहीं मालूम, लेकिन जानवर जरूर है और जानवरों और इंसान में सिर्फ़ समझदारी का फ़र्क़ होता है, जो लोग समझदार थे उन्होंने मुझे जैसे-तैसे स्वीकार कर लिया, बाक़ी नौटंकी तुम्हारे सामने ही है। मेरे पापा ने हमेशा से मुझे आज़ाद रहना सिखाया है, तो आज़ादी की कीमत भी मुझे ही चुकानी होगी यह भी मुझे बताया है।" रिया ने जीप से बाहर आसमान की तरफ़ देखते हुए बताया।

"लेकिन रिया तुमने कभी बताया नहीं की तुम कराटे में 'ब्लैक-बेल्ट' हो" पंडित ने थोड़ा हिचकिचाते हुए पूछा।

"अरे पंडित, अगर में यह तुम्हें बता देती तो तुम मेरे से डरते फिरते और मैं यह नहीं चाहती थी, I feel safe with you all" रिया ने मुस्कुराकर कहा - "और हाँ जानवरों से लड़ने के लिए अपने आप को थोड़ा काबिल तो

बनाना ही पढ़ता है, क्योंकि जानवरों को समझौते करना पसंद नहीं होता, समझे मिस्टर राजू" रिया ने राजेश की पीठ पर थपथपाते हुए कहा।

राजेश ने मजाक में हाथ जोड़ते हुए कहा - "जी, मैडम सब समझ गया।" और फिर सब ज़ोर से हँसने लगे।

सही यानी ‘Wrong’

ज्यादातर हमारे मन की कोशिश रहती है कि जो कुछ भी हम करे वो सही तरीके से हो जाये, वरना उसको करके क्या ही फ़ायदा। मगर हमारा बचपन ऐसे शुरू नहीं होता। हमें छोटी-छोटी गलतियों की माफ़ी बड़ी आसानी से मिल जाती है। हम कुछ ग़लत करते है, तो माफ कर दिया जाता है, कुछ ग़लत सोचते है, तो नादानी माना जाता है और कुछ ग़लत सीखते है, तो एक और मौक़ा दे दिया जाता है।

नितिन की कहानी भी कुछ वैसी ही है, जैसी बहुत से घरों में पल रहे बच्चों की होती है। वो बहुत ही नादान लड़का था। उसके माँ-बाप भी कुछ ज़्यादा होशियार नहीं थे। दुनिया में कभी-कभी ऐसा मान लिया जाता है कि माँ-बाप बनने के बाद इंसान सही तरीके से फैसले लेना अपने आप सीख ही जाता है, मगर ऐसा ज़रूरी नहीं होता। बच्चे भी वही सीखते हैं, जो वे अपने माँ-बाप या फिर आसपास के लोगों को करते हुए देखते हैं।

फिर जैसे-जैसे कोई बच्चा दुनिया में निकलने लगता है, वैसे-वैसे उसे कुछ नया देखने को मिलता है। कभी वो किसी को जोर-जोर से हँसते हुए देखता है और कभी किसी को जोर-जोर से चिल्लाते हुए। कभी वो किसी को शैतानी करते हुए देखता है और कभी किसी को किसी चीज़ से डरते हुए। यह सब जो भी वो देखता है, सुनता है, महसूस करता है, उसके दिमाग़ में कई सवाल खड़े कर देता है। यह वही सवाल होते है, जिनका जवाब हम कभी-कभार मरते दम तक सही तरीके से खोज नहीं पाते।

हँसना कब है? चिल्लाना कब है? रोना कब है? डरना कब है? ऐसे कई सवाल हैं, जिनका जवाब सबके लिए अलग होता है और जब सबके लिए अलग ही है, तो क्या सही और क्या ग़लत बताना बहुत मुश्किल-सा हो जाता है। हमारे दिमाग़ में जितनी भी परिभाषाएँ है, अगर हम उसे एक काग़ज़ पर लिख दे और कुछ लोग उसे पढ़े, तो बहुत कम लोग ऐसे होंगे

जिनकी परिभाषा हमारी परिभाषाओं से मिलती-जुलती होगी। और यही इस दुनिया की ख़ासियत है कि कोई भी एकदम सही नहीं है और कोई भी एकदम ग़लत नहीं है। सबके मन में के अंदर एक भीतर कहानी है।

सन 1993 का समय था, नितिन करीब 8 साल का था और अपनी ही कहानियों में मगन रहता था। नितिन की माँ घर के काम देखती थी और पापा एक टेलीफोन विभाग में काम करते थे। उस समय के वक्त पर भी टीवी पर बच्चों के लिए बहुत से अलग-अलग से शोज़ आते थे जैसे अलिफ़ लैला, देख भाई देख, राजा और रांचो, वगैरह-वगैरह। कभी नितिन की मम्मी उसके साथ बच्चों वाले कुछ शोज़ देखती थीं और कभी नितिन मम्मी के सीरियल देखते-देखते सो जाता था। ज़िंदगी बड़े मजे मैं कट रही थी।

एक दिन नितिन अपने आँगन में खड़े होकर मस्त आलू का पराठा खा रहा था कि इतने में एक कुत्ता वहाँ से गुजरा। कुत्ता नितिन को देखकर, या शायद उसके हाथ के पराठे को संूघकर रुक गया और पूछ हिलाने लगा। नितिन ने अपनी मम्मी को कई बार कुत्तों के आगे रोटी के टुकड़ो को फेंकते हुए देखता था। तो उसने आज मम्मी के जैसे ही कुछ करने की कोशिश की और अपने बचे हुए पराठे में से कुछ के टुकड़े किए और कुत्ते के सामने फ़ेक दिए और बोला - "पुच...पुच...पुच..."

वो कुत्ता थोड़ी आगे आया उसने उन टुकड़ो को सूघा, और उसे न खाकर वही बैठ गया। नितिन बोला - "अबे खाले, टेस्टी है।" और अपना खाना चालू रखा। कुत्ते ने एक भी टुकड़ा नहीं खाया और नितिन ने मम्मी को ज़ोर से आवाज़ दी - "मम्मी....., यह देखो खा नहीं रहा।"

मम्मी आई और नितिन के इस कारनामे को देखकर पहले तो उसके सिर पर टपली बजाई और उसके बाद बोली - "अबे मिर्ची है इसमें, सूखी रोटी खाता है वो चल अंदर, थोड़ी देर में चला जाएगा अपने-आप यहाँ से।"

नितिन को कुत्ते पर गुस्सा आया, उसका आधा परोठा उसने वेस्ट करवा दिया, उसने कुत्ते को हाथ दिखाकर किया "हप...", कुत्ते ने आगे से जवाब दिया - "भौ-भौ...", और फिर नितिन अपनी मम्मी का पल्लू पकड़कर अंदर भागा।

नितिन जब तक अपने घर में माँ-बाप के साथ रहता, तब तक उसके संस्कार, आदतें, चाल-ढाल, बोल-चाल, सब उसके माँ-बाप के जैसा था या फिर जो वो टीवी पर देखता था। मगर जब से वो घर से बाहर की दुनिया में निकला था, वहां एक अलग ही युद्ध चल रहा था। यह ऐसा युद्ध होता है, जिसमे सबको सही दिखना है, सबको आगे बढ़ना है, सबको ऊपर उठना है। नितिन और उसके जैसे काफ़ी बच्चों का अभी इन चीज़ो से कोई लेना देना नहीं था, वो तो बस जिंदगी के इस सफ़र में एक नई शुरुआत करने जा रहे थे।

नितिन एक हिंदी-मीडियम स्कूल की तीसरी कक्षा में पढ़ता था। स्कूल में बच्चों को सिर्फ़ पढ़ने के लिए ही नहीं डाला जाता और भी बहुत कुछ सीखने के लिए मिलता है। उन सब चीज़ो में नितिन बहुत तेज हो चुका था जैसे नए दोस्त बनाना, स्कूल का काम न करना, टीचर से पिटाई खाना, स्कूल में खेल के पीरियड का इंतज़ार करना, टीचर के क्लास में घुसने के बाद उनका गाते हुए स्वागत करना - "नमस्ते....... मैडम.......”।

शैतानी करना भी कोई बच्चों का खेल नहीं होता। इसमें भी 'जिगरा' चाहिए होता है, ऐसा उस उमर के बच्चे एक दूसरे को बहुत बोलते थे और यह बोलकर अपने आपको बहुत बड़ा समझने लगते थे। पर घर में पापा के सामने पता नहीं कैसे उन बच्चों के जिगर से ऐसे हवा निकलती थी, जैसे फूले गुब्बारे की गाँठ खोलकर उसे हवा में छोड़ दिया हो।

नितिन भी अपने पापा से डरता था। अगर पढ़ाई को लेकर कोई शिकायत घर तक पहुँचती थी, तो नितिन उन दिनों अपने जिगरे को कहीं दूर-दराज़ में रख देता और शांति से पढ़ाई पर ध्यान देने लगता। नितिन के पापा गणित में बहुत तेज थे, इसलिए शायद नितिन भी गणित में तेज था। जब नितिन चौथी कक्षा में था, तब एक दिन उसके पापा ने उसे गणित का एक मुश्किल सवाल दिया, और वो सवाल कुछ ऐसा था - “अगर राम के पास 8 सेब है, और लक्ष्मण के पास 24 केले, भरत के बस 12 आम और शत्रुघ्न के पास 32 चीकू, तो उनके परिवार में हर एक बंदे के पास कितने कितने-कितने फल आयेंगे?”

नितिन ने हिसाब हल करने में चाहे दस मिनट लिए मगर जवाब एक दम सही दिया और बोला - “देखो पापा, परिवार के हर सदस्य के पास आयेगा - 1 सेब, 3 केले, 2 आम और 4 चीकू।”

पापा ने सिर्फ़ “हम्म......” में जवाब दिया, तब नितिन ने पूछा - “सही हैं, बोलो, बताओ, जल्दी... ।”

जवाब तो सही ही था, लेकिन नितिन के पापा यह बोले - “राम की तो शादी हो चुकी थी इस सवाल में।”

“अरे पापा यह चीटिंग है, ऐसा नहीं होता, आज की पढ़ाई ख़त्म, चलो मस्ती...” नितिन फिर इधर-उधर फुदक कर भागा, और मम्मी से कहा - “पापा, को समझा लो, चीटिंग करते है।” और फिर सब एक दूसरे को देखकर हँसने लगे।

फिर उसकी अगली सुबह जब नितिन स्कूल जा चुका था, तब नितिन के पापा ने उसकी मम्मी को बुलाकर अपने पास बैठाया और कहा कि नितिन की पढ़ाई को लेकर उसे कुछ सोच-विचार करना है।

“तुम्हें पता है, सारिका शहर में बहुत से पब्लिक स्कूल खुल रहे है, जिसमे इंग्लिश मीडियम पढ़ाई जाती है।”

“आप कहना क्या चाहते है, यह बताइए?”

“अरे अंग्रेज़ी पढ़ाई जाती है, जो हम आज तक सही से नहीं पढ़ सके। चलो अपनी छोड़ो, जो हो गया सो हो गया, लेकिन अपने नितिन के साथ ऐसा कुछ नहीं होने देना चाहता।”

“हम्म..., लेकिन नितिन मानेगा, उसके बहुत से दोस्त इसी स्कूल में है, उसकी दोस्ती टूट जाएगी।”

“अरे सारिका, तुम ज़्यादा भावुक हो रही हो, बच्चा है, नए स्कूल में जाएगा, नए दोस्त बना लेगा। नितिन हिंदी-मीडियम में तो बहुत होशियार है ही, चाहे अव्वल नहीं रहता लेकिन कोशिश पूरी करता है। लेकिन एक दिक्क़त की बात है, मैंने एक पब्लिक स्कूल में बात की है, जब भी नितिन को दाखिला मिलेगा वो एक क्लास कम में मिलेगा, यानी की अगर वो

पाँचवी में गया है तो उस पब्लिक स्कूल में उसे चौथी में फिर से पढ़ना होगा।"

"ऐसा क्यों, ऐसे तो वो एक साल पीछे हो जाएगा बाक़ी बच्चों से।"

"नहीं, उस पब्लिक स्कूल का एक नियम है कि हिंदी-मीडियम वाले बच्चे को वे एक साल पीछे दाख़िला देकर एक मौक़ा देते हैं, ताकि वह बाक़ी अंग्रेज़ी विषयों को, जो उसने पिछली कक्षा में हिंदी में पढ़े थे, उसे सही से पढ़ सके और फेल होने का डर भी न रहे। ऐसे वह बाक़ी बच्चों के बराबर आ जाएगा।"

फिर नितिन के पापा की इस बात से थोड़ा संतुष्ट होकर उसकी माँ ने भी हाँ में हाँ मिला दी।

कुछ दिनों बाद नितिन के पापा English-मीडियम वाले स्कूल का फॉर्म ले आए। नितिन की चौथी क्लास की आख़िरी परीक्षा बड़ी अच्छी जा रही थी। अब नितिन पाँचवी क्लास के सपने देखने लगा था। मगर उसको क्या पता था की उसके माँ-बाप उसके लिए क्या सोच रहे है।

नितिन के पापा ने फॉर्म जमा कर दिया था और परीक्षा के परिणाम का इंतज़ार हो रहा था। वैसे तो इसकी जरूरत थी नहीं क्योंकि नितिन तीसरी पास था, उसको देखकर भी उसका एडमिशन हो जाता। फिर एक दिन वक्त निकाल कर नितिन के पापा ने हिम्मत कर ही ली कि वो नितिन को यह एडमिशन वाली बात बतायें और समझाए।

"नितिन, ओह नितिन, बेटा थोड़ा आराम भी कर लो, कितना खेलोगे आओ मेरे साथ बैठो थोड़ी देर।" पापा ने थोड़ा लाड करते हुए बुलाया। नितिन सोच रहा था कि आज पापा को हुआ क्या है, लगता है कुछ काम करवाना है, तो वो खेलने में मस्त रहा, इतने में उसके पापा उसको पकड़कर दूसरे कमरे में ले जाने लगे।

"अरे पापा छोड़ो, खेलने दो, अभी मेरी कहानी के किरदार मुसीबत में है, उन्हें बचाना है, छोड़ो, जाने दो..." नितिन भागने की कोशिश करने लगा।

"कौन सी कहानी खेल रहा है?"

"अरे पापा, ऐसे ही मौज-मस्ती में कहानी बन जाती है, जिसमे खूब सारा क्लाइमैक्स, रोमांस और लड़ाई होती है, आपको समझ नहीं आएगी, अभी कहानी ख़त्म करने दो" - नितिन ने फिर अपने आप को छुड़ाते हुए कहा।

"अरे सुनो तो तुमको कुछ खास चीज़ बतानी थी, तुम्हारे लिए कुछ नया लाए है", और यह बात सुनकर नितिन ने पापा से भागना बंद किया। फिर पापा ने नए स्कूल की यूनिफार्म निकालते हुए नितिन की तरफ़ बढाई और कहा - "यह लो नई यूनिफार्म।"

नितिन ने यूनिफार्म को ध्यान से देखा और हँसने लगा - "अरे पापा, दुकानदार ने ग़लत यूनिफार्म दे दी, मेरे स्कूल की यूनिफार्म ऐसी है ही नहीं।"

"अरे यही तो बताना है तुम्हें कि अब तुम English-मीडियम में पढ़ोगे, तो English-मीडियम के लिए यही यूनिफार्म होती है।"

यह सब बात-चीत शुरू हुई ही थी कि नितिन की माँ बगल में आकर खड़ी हो गई क्योंकि उसे ऐसा एहसास था कि बात बिगड़ सकती है।

"English-मीडियम? वो क्या है?" नितिन ने पूछ।

"अरे, English-मीडियम मतलब अब हिंदी को छोड़कर सारे विषय English में पढने होंगे।"

नितिन को कुछ खास समझ नहीं आया और उसने सिर खुजाते हुए फिर पूछा - "इससे होगा क्या? मुझे कुछ समझ नहीं आया।"

"अरे तुम्हारी हिंदी तो अच्छी है ही और तुम अंग्रेज़ी भी झट-पट सीख जाओगे"

"अच्छा अंग्रेज़ी सीखनी है, मगर मुझे जितनी आती है वो तो कहीं काम आती नहीं, और मैं भूल भी जाता हूँ।" नितिन ने कहा।

"अरे तो क्या हुआ, जब रोज़ पढोगे तभी तो याद रहेगा।" पापा ने समझाते हुए कहा, इतने में माँ ने इशारे में स्कूल बदलने की बात बताने को कही क्योंकि English तो शायद नितिन सीख भी जाये, लेकिन स्कूल

बदलने से नितिन के दिमाग़ में क्या आता है, वो उसके माँ-बाप के लिए थोड़ा चिंता का विषय था।

"चलो ठीक है पापा पढ़ लेंगे, अब मैं खेलने जाँऊ, छुट्टियाँ चल रही है और पढ़ाई की बातें अभी नहीं जरा..." नितिन निकल ही रहा था कि पापा ने उसका हाथ पकड़कर रोका और कहा - "सुनो एक और बात" कुछ देर के लिए सन्नाटा छाया, जैसे तूफ़ान से पहले की शांति होती है, और फिर पापा बोले - "नितिन, अब English-मीडियम में जाना है, तो..., English-मीडियम वाले बच्चों के साथ पढ़ना होगा, तो..., अब से दूसरे स्कूल में जाना होगा।"

"दूसरे स्कूल, इस स्कूल में English-मीडियम नहीं है क्या?" - नितिन के दिमाग़ में बहुत से सवाल आने लगे - "मतलब इन दोस्तों से फिर नहीं मिलूँगा? क्या मैं इसी स्कूल में नहीं पढ सकता? क्या अंग्रेज़ी सीखना जरूरी है ?"

"नहीं बेटा इस स्कूल में तो नहीं सीख सकते अंग्रेज़ी, उसके लिए तो दूसरे स्कूल में ही जाना होगा, और हाँ एक और बात, इस स्कूल का एक नियम है कि यह स्कूल एक क्लास पीछे चलता है, तो तुम्हें चौथी एक बार फिरसे करनी पड़ेगी।" - पापा ने थोड़ा सा झूठ बोला और स्कूल के नियम को घुमा फिराकर नितिन को बताया क्योंकि शायद नितिन फिरसे चौथी कक्षा इसलिए नहीं करता क्योंकि वो अंग्रेज़ी में कमजोर था और यह जानकर उसे दुख होता।

कभी-कभार जिंदगी इतनी मस्त चल रही होती है कि हम किसी भी नई परिस्थिति के लिए तैयार ही नहीं होना चाहते, मगर यहाँ तो नितिन को एक नहीं, बहुत सी नई परिस्थितियाँ मिली थी। नई यूनिफार्म, नया स्कूल, नए लोग, और पुरानी कक्षा - 'चौथी'। नितिन की कहानी अधूरी रह गई। उस बात-चीत के बाद, वो अपनी खेल वाली कहानी पूरी ही नहीं कर पाया, शायद दिमाग़ में अपनी इस कहानी को संभाल नहीं पा रहा था। माँ-बाप की यह उम्मीद नितिन को कहाँ ले जा रही थी कुछ पता नहीं था।

बच्चों को क्या मालूम कि दुनिया को उनसे कितनी उम्मीद होती है। यह दुनिया वही है जिसे भगवान से भी बहुत उम्मीदें है। मगर भगवान को कुछ खास नहीं। तो फिर दुनिया छोटी-छोटी चीज़ो में उम्मीदें ढूँढ़ती है, जिसमे कुछ लोग दूसरों में उम्मीद को ढूँढते है, और कुछ लोग अपने आप में। यह एक दुनिया का छोटा सा सच है, जिसके भरोसे दुनिया चल रही है।

अब जब उम्मीद की है, तो उस उम्मीद के साथ दो नजीते आते है, अगर वो पूरी हुई तो सही, नहीं हुई तो गलत। यहाँ से शुरू होता है सही-ग़लत का खेल। नितिन करीब दस साल का था और अब उसे नई भाषा में सब पढ़ना होगा, और यह वही भाषा है जिसने हमारे भारत देश को INDIA बना दिया था।

नितिन अच्छा ख़ासा अपनी आम बोल चाल में अच्छा था, लेकिन माँ-बाप चाहते थे कि अब दुनिया अंग्रेज़ी सीख ही रही है, तो क्यों न नितिन को भी सीखा दी जाये और नितिन के दिमाग़ में यह चलता था कि बात-चीत हो तो रही है, फिर इस भाषा को इतना गंभीरता से क्यों लेना। माँ-बाप के लिए यहाॅ पर कुछ सही था और नितिन के लिए कुछ और सही था। इस वजह से नितिन का प्रदर्शन नए स्कूल में कुछ खास नहीं रहा।

उसका अंग्रेज़ी में बिल्कुल मन नहीं लगता था। नए स्कूल में दोस्त भी उसके कुछ खास नहीं बन पाये क्योंकि शायद नितिन उनके जैसा नहीं था, या फिर कह लीजिए की नितिन ने अपने आपको उनके जैसा समझा नहीं। ऐसा नहीं है कि नए स्कूल में बहुत अच्छी अंग्रेज़ी बोली जाती थी। स्कूल English-मीडियम होने से अंग्रेज़ी बोलना अगर आता तो शायद आज के भारत में 90% लोग अंग्रेज़ी बोलते। बात यह थी कि नितिन का अंग्रेज़ी में मन नहीं लगता था, तो जो बच्चे अंग्रेज़ी लिखने और सोचने में अच्छे होते थे, उनके साथ वो घुल-मिल नहीं पाता था।

टीचरों को लगता था नितिन जान-बूझकर पढ़ नहीं रहा है, तो उसकी शिकायत हमेशा घर पर यही पहुँचती थी कि इसका पढ़ाई में मन नहीं लगता। नितिन के माँ-बाप ने जैसा सोचा था वैसा तो नहीं हुआ, नितिन बस अब लोगो को दिखाने के लिए English-मीडियम में पढ़ रहा था।

कुछ 13 साल की उम्र तक आते-आते उसके साथ कुछ ऐसा घटा जो उसके लिए एकदम नया तजुर्बा था। उस समय वो सातवीं कक्षा में था और उसको "झाँसी की रानी" के उपर एक छोटा सा निबंध लिखना था। उसे "झाँसी की रानी" के बारे में तो पता था। मगर दिक्क़त इस बात की थी कि वो निबंध उसे English में लिखना था। कितना मुश्किल है यहॉ पर अपने आपको सही साबित करना। अब अगर टीचर से पूछा जाये की अंग्रेज़ी ज़्यादा जरूरी है या "झाँसी की रानी" के बारे में जानना, तो शायद टीचर कहेगा दोनों, मगर ये सही है या गलत? यह सवाल हमेशा भारत जैसे देश में जीवित रहेगा।

नितिन ने कोशिश करके निबंध लिख तो दिया, जिसमे उसे जो हिंदी में आता था, उसको जितनी अंग्रेज़ी आती थी उसमे बदल दिया। काफ़ी ग़लतियाँ निकली उसके लिखे निबंध में। कहीं Grammar ग़लत थी, तो कहीं शब्द ग़लत थे। मगर जिसपर पूरी क्लास उस पर हँसी वो गलती थी कि उसने 'झाँसी की रानी' को 'she' से 'he' बना दिया था। नितिन निबंध लिखते हुए थोड़ा घबराया हुआ था, तो जल्दी-जल्दी में उसे यह ध्यान नहीं रहा कि अंग्रेजी में स्त्री के लिए 'she' प्रयोग होता है। उसको उस निबंध में 10 में से 3 अंक मिले।

3 से 10 के बीच के ये 7 अंक के अन्तर को देखकर लोग नितिन को पढ़ाई लिखाई में कमजोर समझ रहे थे, देखा जाये तो आज कल की दुनिया में 30% किस काम के। नितिन के लिए यह कुछ नयी बात नहीं थी। उसे इन अंकों की आदत सी हो चुकी थी। मगर अबकी बार उसे थोड़ा दुख भी हो रहा था। काफ़ी बार वो अपने मन को समझा चुका था, कि जल्द ही वो अंग्रेज़ी में और अच्छा करेगा। मगर दुनिया को 90% सही चीज़ो की आदत होती जा रही थी। लोग तो 'Dittol' की सफ़ाई से भी 99% साफ सफाई की उम्मीद करते है। जब उन्होंने निर्जीव चीज़ को नहीं छोड़ा तो इंसान उनके लिए क्या ही है।

अबकी बार जब नितिन घर पहुँचा, तो अपने पापा को बताया - "पापा मैं कितना भी कुछ क्यों न करलू, मेरे English में अच्छे अंक आते ही नहीं है। कभी कुछ ग़लत होता है, तो कभी कुछ।"

"क्या ग़लत कर दिया अब?" - पापा ने उससे हँसते हुए पूछा।

तब नितिन ने पापा को पूरी कहानी सुनाई कि उसके साथ अबकी बार क्या हुआ। फिर उसके पापा ने मजे लेते हुए कहा - "इस हिसाब से तो तुम्हें 10 में से 2 अंक मिलने चाहिए।"

"पहले ही कम है, आप और कम कर दो, पापा मानता हूँ मैंने गलती की है, मगर झाँसी की रानी के बारे में जितना जानता था, वो सही भी तो लिखा था।"

बात तो नितिन ने सही कहीं थी कि झाँसी की रानी या फिर अंग्रेज़ी, क्या जरूरी था उस निबंध में? फिर पापा ने सोचते हुए नितिन को साथ बैठाया और पूछा - "अच्छा ये बताओ कि तुम्हारी कक्षा में बच्चे नकल करते है?"

नितिन ने पहले थोड़ा सा सोचा की क्या बोलूँ, मगर फिर कहा - "हाँ, लगभग आधे बच्चे।"

"तो क्या स्कूल वाले उनको कोई सजा देते है?"

"बहुत कम बार।" नितिन ने फिर सोचते हुए कहा।

"अगर तुम अपने स्कूल को अंक देना चाहो, तो 10 में से कितने दोगे?"

"किस चीज़ के लिए अंक?" नितिन ने पूछा।

"अरे यही की वहाँ के बच्चे कैसे है, वहाँ पढ़ाई कैसी होती है, वगैरह-वगैरह..." पापा के इस सवाल से नितिन के स्कूल को अब अंक मिलने वाले थे।

"10 में से 4" नितिन गणित में अच्छा था तो उसने काफ़ी हिसाब लगाकर बोला।

पापा को यह अंक सुनकर बड़ा दुख हुआ, क्योंकि करीब चार साल पहले नितिन को उन्होंने English-मीडियम में इसलिए भेजा था कि वो अंग्रेजी में अच्छा हो सके, अंग्रेज़ी का तो पता नहीं मगर टीचरों ने नितिन

के ऊपर शायद ज़्यादा ध्यान नहीं दिया। सिर्फ़ एक कक्षा फिरसे पढ़ने से अंग्रेज़ी इतनी अच्छी नहीं हो पायी थी, इसलिए शायद आज नितिन इस हाल में फंसा हुआ था। पापा ने अब स्कूल का पक्ष न लेकर, नितिन का साथ देना सही समझा और समझाते हुए कहा -

"जब तुम्हें पता है कि स्कूल के अंक भी तुम्हारे आस-पास ही है, यानी तुम्हारे 3, और उनके 4, तो इतना परेशान क्यों होते हो? दुनिया में कोई भी एक दम सही नहीं होता और कोई भी एक दम ग़लत नहीं होता। जैसे मैंने कहा की तुम्हें तो 2 अंक ही मिलने चाहिए, यह मेरे देखने का नजरिया है। अगर कोई और अध्यापक होता, तो शायद 5 भी दे देता।"

"ऐसे तो अंकों का फ़ायदा ही क्या, जब सबके लिए सही-ग़लत अलग होता है?" नितिन ने परेशान होकर पूछा।

नितिन की यह बात सोचने वाली थी, उसके पापा ने सोच विचार करके अपनी बात आगे रखी - "तुम यह कह सकते हो कि अंक सिर्फ़ हमारी प्रतिभा मापने का तरीका है, अब इतनी भीड़ में कैसे पता चलेगा की कौन कैसा सोचता है या कैसा काम करता है या कितना पढ़ा लिखा है, तब इन अंकों से लोग पता लगा लेते है।"

इतनी भारी बातें नितिन के पल्ले नहीं पड़ रही थी और वो और निराश हो गया था। यह वही पल होता है, जब दुनिया के खोखले सच को समझना पड़ता है, मगर इस चीज़ के लिए कोई विषय नहीं होता, कोई अंक नहीं होते, कोई स्थान नहीं होता। यह जिंदगी के तजुर्बों के साथ समझ आता है।

फिर उसके पापा ने उसका हौसला बढ़ाते हुए कहा - "खेर ये सब छोड़ो, मैं तुम्हें कोशिश करने में 10 में से 8 अंक देता हूँ, हमेशा ऐसे ही कोशिश करते रहना और मैं इस बात से खुश हूँ कि तुमने यह ख़ुद से लिखा है, किसी से नकल नहीं की, तो ईमानदारी के लिए तुम्हें 10 में से 9 अंक देता हूँ। मैं यही कहूँगा कि तुम्हें कक्षा में चाहे कितने भी अंक मिले, मगर मेहनत और ईमानदारी के अंकों को कम मत होने देना।"

नितिन की माँ इन दोनों की बातें छुप कर सुन रही थी और काफ़ी समय बाद उसकी माँ ने यह एहसास किया की नितिन के पापा ने अपना नजरिया बदलने की कोशिश की है। शायद इस कदम से वो अब नितिन के लिए कुछ सही कर सके, नया रास्ता दिखा सके।

फिर पापा ने नितिन को दोनों कंधों से पकड़कर खड़ा किया और बाहर खेलने जाने को कहा ताकि उसका दिमाग़ अब इन बातों से हट जाए और वो वापस अपनी मस्ती भरी ज़िंदगी को जारी रखें।

फिर जब नितिन के पापा ने बाहर जाकर देखा कि उसके पड़ोसी ने फिरसे अपनी स्कूटर टेढी खड़ी कर रखी है, जोकि नितिन के पापा को सही नहीं लगता था, तो ज़ोर से चिल्लाकर बोले - "कितनी ग़लत तरीके से स्कूटर खड़ी करते है ये लोग।" और मजे की बात यह थी कि उनके पड़ोसी को ऐसे ही स्कूटर खड़ी करना सही लगता था।

सही-ग़लत की इस दुनिया में हम कभी हमेशा पूरी तरह सही और पूरी तरह ग़लत नहीं ठहराये जा सकते। तो अगली बार जब आप सही हो तो अपने अहंकार को बढ़ाने से पहले, यह भी जान लेना की आगे वाला भी तो यही सोच रहा होता कि वो भी सही है। जब नितिन के अंदर यह समझ आने लगी, तो उसका व्यवहार माँ-बाप के प्रति बदलने लगा, और नितिन के माँ-बाप भी इस 'English-मीडियम' की दुनिया को पूरे तरीके से सही साबित नहीं कर सके।

उठा कागज और कलम
बना डाल उस पर
अपना भगवान।

देख मिलाकर फिर उसको
जिसे मानता है
तू भगवान।

नहीं पाएगा समान तू उसको
क्योंकि भिन्न है यहाँ पर सबके
मन का भगवान।

शक्तिमान

"यह आकाशवाणी है। अब आप समाचार सुनिए।

देश में इस समय गंभीर चिंता का वातावरण बना हुआ है। कारगिल क्षेत्र में जारी संघर्ष के कारण देशवासियों में स्वाभाविक रूप से आशंका और व्याकुलता देखी जा रही है। समूचा राष्ट्र अपने वीर सैनिकों की कुशलता और सफलता के लिए ईश्वर से प्रार्थना कर रहा है।

उधर, भारतीय सेना के जवान प्रतिकूल परिस्थितियों के बावजूद अदम्य साहस और दृढ़ संकल्प के साथ सीमाओं की रक्षा में डटे हुए हैं। वे अपने प्राणों की परवाह किए बिना मातृभूमि की सुरक्षा में निरंतर जुटे हैं।

सरकार ने देश के नागरिकों से शांति और संयम बनाए रखने की अपील की है तथा कहा है कि राष्ट्र के वीर सपूतों के मनोबल को प्रार्थना और एकजुटता के माध्यम से सशक्त किया जाए।

समाचार समाप्त।"

- आकाशवाणी, जम्मू (19 मई 1999)

"अरे जनाब क्या ही हो रहा है कारगिल में कुछ समझ नहीं आ रहा।"

"पता नहीं भाई साहब, बस सब सही रहे, यह पता नहीं आतंकवादी आख़िर चाहते क्या है।"

"अरे आतंकवादी नहीं, पाकिस्तान है जाने किस बात पर रोता रहता है, इतना कश्मीर होते हुए भी और चाहिए उसे, अपना देश सम्भाल नहीं पा रहा, और चाहिए..."

"ये लो जी आपकी चाय आ गई" बिट्टू ने अपने ग्राहकों को चाय देते हुए कहा।

कुछ दिनों से कारगिल की लड़ाई शुरू होने के कारण बिट्टू की चाय की दुकान पर थोड़ी ग्राहकी कम थी। ज्यादातर वो अर्द्धकुंवारी में चाय की टपरी लगाता था, पर आज कल कटरा में लगा रहा था। बिट्टू की टपरी पर माता रानी की दो-तीन तस्वीरे भी लगी हुई थी और माता की तस्वीरों के साथ, एक शक्तिमान का पोस्टर भी लगा हुआ था।

शक्तिमान को तो सब जानते ही होंगे, बच्चों का उस समय का सुपरहीरो था। बच्चों के साथ-साथ बढ़ो को भी शक्तिमान और उसके बहादुरी के किससे देखने में बहुत मज़ा आता था। बच्चों के दिल में शक्तिमान ने एक अलग ही जगह बना ली थी। शक्तिमान का सीरियल देख-देखकर सब बच्चे अपने आपको शक्तिमान जैसा देखना चाहते थे और शक्तिमान-शक्तिमान खेला करते थे। इस खेल में सबको शक्तिमान ही बनना होता था। कोई समाज का दुश्मन नहीं बनाना चाहता था इसलिए सबकी अलग-अलग दिन शक्तिमान बनने की बारी आती थी। खैर बिट्टू बच्चा नहीं था और बिट्टू की शादी भी नहीं हुई थी, इसका मतलब यह है की बिट्टू का कोई बच्चा भी नहीं था।

"अरे बिट्टू भाई, शक्तिमान का पोस्टर यहाँ माता-रानी के साथ क्यों लगा रखा है।" एक ग्राहक ने जिज्ञासा दिखाते हुए पूछा।

"अरे कुछ नहीं बस दुकान की थोड़ी रौनक बढ़ाने के लिए और कभी-कभार बच्चे शक्तिमान देखकर, चाय पीने के बहाने अपने मम्मी-पापा को भी टपरी की के तरफ़ ले आते है, थोड़ा धंदे के लिए ये सब करना पढ़ता है।"

"अरे वाह बिट्टू मिया, सही मार्केटिंग करते हो यार, और चाय भी अब तुम्हारी स्वाद होती जा रही है, लगे रहो।" दूसरे ग्राहक ने तारीफ़ करते हुए

कहा और फिर सब ग्राहक वापिस कारगिल की लड़ाई की बातों में लग गए।

इतने में बिट्टू की छोटी बहन नाचते-कूदते बिट्टू की टपरी पर पहुँची और चिल्लाई - "बिट्टू....., फ़ोन आ गया, वो पहुँच गया सही-सलामत।"

"क्या, पहुँच गया, माता-रानी का लाख-लाख आशीर्वाद।"

"ज़ोर से बोलो"

"जय माता दी"

"सारे बोलो"

"जय माता दी"

बिट्टू और उसकी छोटी बहन तो जानते थे वो जयकारा किस ख़ुशी में लगा रहे है, मगर बाक़ी लोगो ने उनके आवाज़ सुनकर उनके पीछे-पीछे बोलना शुरू कर दिया।

"अच्छा सुनरी, यहाँ थोड़े ग्राहक संभाल, मैं फ़ोन पर बात करके आता हूँ।" - बिट्टू उस PCO की तरफ़ भागा जहाँ से उसके लिए फ़ोन आया था।

PCO वाले ने बिट्टू की तरफ़ इशारा करके जल्दी से बुलाया ताकि फ़ोन कट न हो जाये, बिट्टू ने बात करना शुरू की - "और मेरे शक्तिमान, पहुँच गया घर सही से, कुछ दिक्क़त तो नहीं हुई।"

"हाँ, बिट्टू भैया, सही से पहुँच गया, मम्मी का तो रो-रो घर पर बुरा हाल हो गया था, पापा ने तो पहले मुझे बहुत डाँट लगायी बाद में वो भी रोने लगे, पर अब सब सही लग रहा है...", इतने में फ़ोन के पीछे से आवाज़ आई - "थैंक यू बिट्टू भाई, आप न होते तो पता नहीं क्या होता, जय माता दी...", चंदन जोकि दूसरी तरफ़ फ़ोन पर था उसने भी जयकारा लगाया - "जय माता दी, बिट्टू अंकल, ज़ोर से बोलो जय माता दी..." और नारा लगाता ही गया।

बिट्टू, चंदन के इस नारे को सुनकर थोड़े अपने आँसू पूँछते हुए ज़ोर से बोल पढ़ा - "शक्तिमान की जय हो..." , और चंदन दूसरी तरफ़ ज़ोर से हँसने लगा।

करीब बीस दिन पहले चंदन अपने मम्मी-पापा के साथ माता-रानी (वैष्णो देवी) के दर्शन करने के लिए जम्मू आया था। जम्मू में कटरे पर वो सभी रुके हुए थे। उस समय करीब रोज़ 20-25 हज़ार यात्री माता के दर्शन करने आते थे। उन यात्रियों में चंदू और उसके मम्मी-पापा भी थे।

दर्शन करने से एक दिन पहले चंदन के परिवार ने थोड़ा बाजार घूमा, यह तय किया गया कि दर्शन के बाद प्रसाद कहा से लेना है। चंदन ने बाज़ार घूमते-घूमते अपने लिए खिलौनों की माँग की, कुछ मिले और कुछ में चंदन को मुंह बनाकर काम चलाना पढ़ा। माँ-बाप को जब भी कोई खिलौना न दिलाना हो तो वो हमेशा एक बात बोलते है कि - 'बच्चे अब तो तुम बढ़े हो गए हो, कब तक इन छोटे-छोटे खिलौनों से खेलोगे' और बच्चे भी एक ही बात बोलते है फिर कि - 'बस आख़िरी बार।'

अगले दिन चंदन के परिवार ने माता-रानी के दर्शन करने के लिए चढ़ाई शुरू की। चंदन पूरे जोश से चढ़ाई कर रहा था और उसके मम्मी-पापा उसे रोकने की कोशिश कर रहे थे। कुछ समय बाद चंदन का सारा जोश उतर गया और चंदन पापा की पीठ पर बैठ गया और वही से जयकारा लगाने लगा - "जय माता दी..."

चंदन के पापा उसको माता-रानी की कहानी सुनाते, मगर चंदन को माता-रानी की कहानी में कोई खास दिलचस्पी नहीं थी। वो तो बस लोगो की नकल कर रहा था कि वो सबसे ऊँचा जयकारा लगा पाये - "ज़ोर से बोलो, जय माता दी", "सारे बोलो, जय माता दी", "आवाज़ नहीं आई, जय माता दी"...

खाते-पीते, खेलते-कूदते, वो सब माता-रानी के भवन में पहुँच गए। जैसा की हर तीर्थ स्थल पर भीड़ तो होती ही है, वहाँ भी थी। पापा ने जैसे-तैसे चंदन को माता-रानी के दर्शन कराए। चंदन का भी हौसला कम नहीं था। वो चिल्लाते हुए, घंटियाँ बजाते हुए माता-रानी के पास पहुँच ही गया - "जय माता दी, शक्तिमान की जय हो, सारे बोलो..."

उसको देखकर आस-पास के बच्चे भी यही नकल करने लगे - "जय माता दी, शक्तिमान की जय हो, सारे बोलो..."

चंदन की मम्मी ने चंदन को चुप कराने की कोशिश की पर बच्चे तो बच्चे है, भगवान का रूप होते है, इनकी शैतानियाँ एक हद तक माफ हो ही जाती है। मगर न जाने क्यों इनमें से कुछ बच्चे बड़े होकर 'जयकारा' को आगे 'नारा' बना देते है, और कुछ पुरानी लिखी कहानियों के भरोसे नारे लगाते हुए, लड़ाइयो को अंजाम दे देते है। किसी के लिए कहानी में माता-रानी है, किसी के लिए शक्तिमान, किसी के लिए कुछ और...

यहाँ भवन पर माता और शक्तिमान के जयकारा गूँज रहा था, वही दूसरी तरफ़ कारगिल में "अल्लाहू अकबर" और "पाकिस्तान ज़िंदाबाद" जैसे नारों के नीचे एक युद्ध छिड़ चुका था। धीरे-धीरे मिलिट्री कैंपस को इस बात की भनक होने लगी और यह खबर कटरा, जम्मू और भवन तक इस तरह फैली की थोड़ी भगदड़ मचने लगी।

माता के दर्शन का तो पता नहीं मगर वहाँ जितने भी लोग थे, अब उन्हें जल्द से जल्द सही सलामत घर को वापिस निकलना था। वहाँ के सिपाहियों ने कोशिश की कि जितना सुरक्षित लोगो को वापिस कटरा पहुँचाया जाये उतना ही अच्छा है, मगर सिपाही थोड़े कम पढ़ रहे थे और उस समय कुछ ही लोग अपने दिमाग़ का सही इस्तेमाल कर रहे थे।

चंदन और उसका परिवार अर्द्धकुंवारी तक तो सही सलामत पहुँच गया, मगर पता नहीं कैसे चंदन का हाथ उसके पापा से छूट गया। वैसे कभी-न-कभी तो माँ-बाप का हाथ छूटना ही होता है ताकि हम अपनी मंजिल ख़ुद बना सके, मगर चंदन की अभी वो उम्र नहीं आई थी।

धीरे-धीरे यात्री कम हो रहे थे और दूसरी तरफ़ चंदन की माँ ने रो-रो कर बुरा हाल बना रखा था। पापा ने पूछ-ताज जारी रखी तो उनको कहा गया कि कुछ सिपाही चंदन को ढूँढ़ने निकले है, आप सब कृपया करके कटरा पर इंतज़ार कीजिए।

सिपाहियों ने करीब 20 घंटे लगातार चंदन को ढूँढ़ने की कोशिश की, लेकिन चंदन का कुछ पता नहीं चला। चंदन के माँ-बाप कटरा की एक धर्मशाला में रुके हुए थे और चंदन के मिलने के इंतज़ार में कुछ खा-पी भी नहीं पा रहे थे। आस-पास के लोगो ने बहुत कोशिश की समझाने और

सांत्वना देने की, पर बेटे के खो जाने से दोनों की दुनिया ही जैसे खो गई थी। उसके बाद बातें बनने लगी -

"माता-रानी पर भरोसा रखो सब ठीक हो जाएगा।"

"कोई जंगली जानवर न ले गया हो?"

"आपने कुछ कहा तो नहीं था न बच्चे से की वो ख़ुद भाग गया हो?"

"दो साल पहले भी ऐसा ही हुआ था, एक बच्चा गायब हो गया था, अभी तक कोई खबर नहीं।"

जहाँ कारगिल युद्ध में लड़ने वाले सिपाहियों की माताए उनके लिए प्रार्थना कर रही थी और यहाँ चंदन की माँ उसके मिल जाने के लिए प्रार्थना कर रही थी। चंदन के माँ-बाप को जम्मू ले जाया गया और उनसे कहा गया की आप जम्मू भी रुक सकते है और वापिस दिल्ली भी जा सकते है। थोड़ा युद्ध की वजह से स्तिथि गंभीर है।

वही जब चंदन को खोए हुए एक दिन हो चुका था, तब बिट्टू चाय वाला श्याम को करीब 5 बजे, अर्द्धकुंवारी पर अपनी चाय की छोटी सी टपरी स्मेट रहा था, इतने में बिट्टू का एक दोस्त गोपाल उसके पास भागते हुए आया और बोला - "बिट्टू भाई, चलना जरा जल्दी, एक बच्चे का शव एक छोटी सी चोटी और पेड़ के बीच में लटक रहा है।"

बिट्टू जल्दी से गोपाल के साथ उस जगह पर पहुँचा और देखा तो गोपाल की बात सच थी। उसने गोपाल को कहा कि टांगे पर समान बांधने वाली रस्सी जल्दी से लेकर आए जोकि उसके समान के पास रखी होगी। गोपाल चंद मिनटों में वो रस्सी ले आया और कहा -

"जाएँगे कैसे वहाँ तक।"

"उस बच्चे को चिल्लाकर उठाते है कहीं उठ जाये, वहाँ तक रस्सी फ़ेक कर खीच लेंगे।"

"अरे बिट्टू ऐसे थोड़ी होता है, देख ध्यान से उसके माथे पर चोट है, मुझे लगता है वो बेहोश होकर वहाँ गिरा है।" फिर गोपाल ने रस्सी को फेंक कर थोड़ा अंदाज़ा लगाया की रस्सी कहा तक पहुँचती है और फिर सोच-विचार करके कहा - "मैं इसे अपनी कमर में बाँध रहा हूँ, तुम इसे दूसरे कोने से

कसकर पकड़ना, धीरे-धीरे पहाड़ी के साथ रेंगते हुए उसको लेकर आता हूँ।"

बिट्टू ने जोर से और लोगो की मदद के लिए चिल्लाना शुरू किया इतने में गोपाल वहाँ तक जाने के लिए तैयार था और कुछ भीड़ भी इकट्ठा हो चुकी थी।

"चल भाई, कस के पकड़ना जा रहा हूँ।"

"हाँ भाई, हाँजी भैया तैयार, जय माता दी..."

और कुछ ही देर में बिना डरे गोपाल उस बच्चे को उस पेड़ और पहाड़ की चोटी के चुंगल से बाहर निकाल आया।

उस बच्चे का ख़ून बहना तो रुक चुका था, मगर काफ़ी बह भी चुका था। धड़कने चल रही थी मगर कब-तक चलती यह पता नहीं अगर बिट्टू और गोपाल उसे बचाने न आते। वो दोनों जल्द से जल्द अर्द्धकुंवारी के किसी वैद के पास उस बच्चे को लेकर पहुँचे। वैद ने उसके घाव पर मलहम लगाया और जैसे-तैसे बच्चे की साँसे थोड़ी बेहतर हुई, लेकिन वो अभी भी बेहोश था।

बिट्टू ने आस-पास खबर फैला दी की उन्हें कोई बच्चा मिला है, अगर किसी का है तो बिट्टू चाय वाले से आकर मिले। करीब एक दिन ऐसे ही गुज़र गया। उस बच्चे ने थोड़ी सी आँखे खोलते हुए अपने सूखे गले से बहुत धीरे स्वर में सिर्फ़ एक शब्द बोला - "पानी"।

वैद संयोग से वही बैठा हुआ था, तो उसने जल्दी से उसको पानी पिलाया। धीरे-धीरे उसको होश आने लगा, मगर वो बिल्कुल भी हिल नहीं पा रहा था। तब वैद ने कहा - "बेटा आराम से, तुम्हारे हाथ-पैर पर थोड़ी मोच आई हुई है, आराम से बैठो।"

अचानक पता नहीं बच्चा क्या ढूँढने लगा और चिल्लाते हुए पूछा - "मम्मी कहाँ है, मम्मी कहाँ है..., मम्मी कहाँ है...." और फिर रोने लगा। इतने में बिट्टू और गोपाल वहाँ आ पहुँचे, और उसको शांत कराते हुए कहा - "तुम्हारी मम्मी अभी आ रही है बस, यह बताओ तुम्हारा नाम क्या है?"

"चंदन"

"तुम कहाँ से आए हो?"

"मम्मी कहाँ है, मम्मी पास जाना है।"

"हाँ, मम्मी बस आ रही है, बस निकल चुकी है।"

बिट्टू को इन बातों में सिर्फ़ बच्चे का नाम ही पता चल पाया और वैद ने बच्चे को खाना देते हुए कहा - "यह खालो बेटा, फिर तुम ठीक हो जाओगे और मम्मी भी तुम्हें खेलता-कूदता देख खुश होगी।"

पहले तो चंदन ने मना कर दिया की वो नहीं खायेगा जब तक मम्मी नहीं आ जाती। चंदन ने करीब दो दिन से कुछ नहीं खाया था, तो उसके पेट के चूहों ने पेट के अंदर से चिल्लाते हुए खाना मांगा और फिर चंदन ने बिना किसी का इंतज़ार करे खाना शुरू किया।

बिट्टू और गोपाल ने फिरसे सवाल पूछना शुरू किए -

"चंदन बेटा यह बताओ, तुमने मम्मी को आख़िरी बार कहा देखा था?"

"और तुम्हारे सिर पर यह चोट कैसे लगी?"

चंदन का जैसे-जैसे पेट भरता, वैसे-वैसे उसको थोड़ा याद आता। चंदन मम्मी-पापा के साथ जब दर्शन करके नीचे उतर रहा था, तो उसकी जेब से शक्तिमान वाला पोस्टर नीचे गिर गया, जोकि सिर्फ़ चंदन को पता चला। पोस्टर के चक्कर में उसने अपना हाथ छुड़ाकर वो पोस्टर पकड़ने की कोशिश की, लेकिन उस जगह पर भीड़ इतनी तेज़ी से नीचे उतर रही थी कि यह पता ही नहीं चला कि कब चंदन अपने मम्मी-पापा से दूर हुआ, कब उसके सिर पर चोट लगी और कब वो पेड़ और चोटी के बीच में जाकर अटका।

"अरे मेरा शक्तिमान वाला पोस्टर कहा है, जेब में तो था।" चंदन की यह बात सुनकर सब एक दूसरे की तरफ़ हैरानी से देखने लगे। शायद यह सोच रहे थे कि इतना कुछ होने के बाद भी इस बच्चे को शक्तिमान के उस पोस्टर की पढ़ी है। फिर गोपाल ने बिस्तरे के नीचे से वो पोस्टर निकालकर चंदन को दिया और पूछा - "इस छोटे से पोस्टर के लिए तुमने मम्मी-पापा का हाथ छोड़ दिया?"

फिर पता नहीं शक्तिमान को देखकर चंदन में ताक़त आई या खाना खाने से, उसके बाद वो शक्तिमान पर भाषण देने लगा - "आप जानते भी हो शक्तिमान को, वो सबसे ताक़तवर है इस दुनिया में, हमेशा सबकी मदद करता है, उसके पास कितनी सारी शक्तियाँ है...." और दो-तीन मिनट तक बोलता ही गया। बिट्टू, गोपाल और वैद उसकी बातें सुनकर हैरान हुए और सोचने लगे कि इतना तो वो शेरो वाली माता रानी (वैष्णो माता) के बारे में नहीं जानते जितना चंदन शक्तिमान के बारे में जानता है।

आस-पास के सिपाहियों तक यह खबर पहुँचाई गई। एक सिपाही ने आकर चंदन को देखा और जांच पड़ताल की। सिपाही ने कहा कि अभी चंदन को वो नहीं ले जा पायेंगे, फिर भी कोशिश रहेगी कि उसके माँ-बाप तक यह खबर जल्द से जल्द पहुँचा दी जाये। तब तक बिट्टू और गोपाल की जिम्मेदारी है कि वो चंदन का ध्यान रखें और एक-दो दिन के अंदर चंदन को सिपाही वहाँ से ले जाएँगे।

चंदन ने रोना शुरू कर दिया कि - "घर जाना है, जल्दी घर जाना है।"

गोपाल ने चंदन को संभाला और कहा - "अरे चंदन जल्दी क्या है, जब तक तुम्हारी मम्मी-पापा आते है, तब तक तुम हम सबको कुछ और शक्तिमान वाली कहानियाँ सुनाओ।"

शक्तिमान की बात सुनकर फिर चंदन को जोश चड़ गया और वो बिट्टू और गोपाल को शक्तिमान की कहानी सुनाने लगा। जिस जगह पर लोग शेरो वाली माता के नारे लगाते हुए दर्शन के लिए जा रहे थे, उसी जगह चंदन, जोकि सिर्फ़ 9-10 साल का था, वो शक्तिमान को माता-रानी से भी ऊपर का दर्जा दे चुका था।

अगली सुबह तक चंदन की बिट्टू और गोपाल से खूब अच्छी दोस्ती हो चुकी थी। चंदन बिट्टू की टपरी के पास में ही बैठा हुआ था, अब उसकी तबीयत पहले से काफ़ी बेहतर थी। बिट्टू ने पूछा -

"चाय पियेगा चंदन?"

"नहीं दूध, उसमे ज़्यादा शक्ति होती है, शक्तिमान भी कहता है।"

"अच्छा चल दूध देता हूँ, यह ले बिस्किट खा जब तक।"

इतने में गोपाल बिट्टू की टपरी के लिए थोड़ा सा समान लेकर आया और चंदन के साथ बैठ गया।

"और चंदन कैसी तबीयत है?"

"ठीक है, बस थोड़ा-सा पैर में दर्द है, बाक़ी ठीक है। और हाँ, थोड़ा यहाँ सिर में भी दर्द है, बाक़ी ठीक है..." चंदन थोड़ा-थोड़ा दर्द बोलकर, अपने आप ही उसे ठीक करता गया। बिट्टू और गोपाल यह सुनकर हँसने लगे, इतने में पीछे से कुछ लोगो की आवाज़ आई - "ज़ोर से बोलो, जय माता दी", "सारे बोलो, जय माता दी" और फिर बिट्टू ने भी जयकारा लगाया - "जय माता दी"

चंदन ने बिट्टू से पूछा - "अंकल यह माता-रानी कौन है, जो आपकी टपरी पर लगी हुई है, और मैंने यहाँ पर हर जगह यही लगी हुई देखी है। मुझे पापा ने मंदिर में कुछ दिखाने की कोशिश भी की थी मगर मुझे कुछ दिखा नहीं, सच में ऐसी ही दिखती है क्या, माता-रानी?"

"बता भाई बिट्टू, कौन है माता-रानी?" गोपाल ने भी पूछा।

अब बिट्टू कि बारी थी माता-रानी पर निबंध सुनाने की जैसे चंदन ने शक्तिमान पर सुनाया था। बिट्टू ने सुनना शुरू किया, गोपाल ने टपरी संभाली और फिर चंदन अपने दिमाग़ में नई-नई कहानियाँ उतारता गया।

जब बिट्टू ने अपनी बातें ख़त्म की तो चंदन के मुह से निकला - "अरे वाह, माता-रानी तो शक्तिमान जैसी बहादुर और ताक़तवर है।"

"हाँ और तुम्हारी जान भी माता-रानी ने ही बचाई है।" बिट्टू ने कहा।

"मगर शक्तिमान क्यों नहीं आए?" चंदन ने पूछा।

"अरे यह जगह माता-रानी की हैं, तो ज्यादातर यहाँ माता-रानी ही आती है।" - बिट्टू ने रौब जमाते हुए कहा।

और फिर चंदन और बिट्टू यह अनुमान लगाने लग गए कि किसने चंदन को बचाया है कि इतने में गोपाल बीच में बोला - "ओह बिट्टू, क्यों बच्चे को बिगाड़ रहा है, चंदन बिट्टू भैया की मत सुनो, तुम्हें माता-रानी ने नहीं बचाया, न ही शक्तिमान ने, तुम्हें मैंने बचाया है, मैंने... ।" और अब गोपाल रौब जमाने लगा।

गोपाल की बात सुनकर, बिट्टू और चंदन दोनों का मुंह उतर गया क्योंकि बिट्टू अपने भगवान को आगे रखना चाहता था, चंदन अपने हीरो को आगे रखना चाहते थे और गोपाल ने सच बोलकर, दोनों का मूड खराब कर दिया था। वैसे उसी समय पर देश की उस जगह से कुछ ही दूरी पर, कारगिल में, बहुत से ऐसे लोग इस बात पर लड रहे थे कि उनका ही धर्म सर्वेश्रेष्ठ है और वो अपने धर्म के लिए कुछ भी कर सकते है।

कारगिल का युद्ध, बढ़ता ही जा रहा था। इसी कारण अब माता-रानी के दर्शन की भीड़ थोड़ी कम होने लगी और थोड़ी रोक लगा दी गई। गोपाल और बिट्टू चंदन को लेकर कटरे पर आ गए, और चंदन को बिट्टू के घर पर रखा।

बिट्टू माता-रानी से प्रार्थना करता रहा की जल्द ही चंदन के माँ-बाप यहाँ पर आए और उसको ले जाये। गोपाल पुलिस चौकी के चक्कर लगाता रहा और चंदन के माँ-बाप की खबर लेता रहा। चंदन ने अपने शक्तिमान वाले पोस्टर को, बिट्टू की चाय की टपरी के ऊपर, माता-रानी के बगल में चिपका दिया और दोनों भगवानों से प्रार्थना करने लगा की वो उसके मम्मी-पापा को जल्दी से यहाँ पर ले आए, उसको घर की बहुत याद आती है।

करीब तीन दिन बाद एक सिपाही बिट्टू के घर पहुँचा और चंदन के बारे में पूछा, बिट्टू की छोटी बहन चंदन को लेकर सिपाही के साथ पुलिस स्टेशन पहुँची और साथ ही बिट्टू और गोपाल भी वहाँ पहुँचे। चंदन के मम्मी-पापा वहाँ आए हुए थे, चंदन की मम्मी ने चंदन को कसकर गले लगा लिया और करीब दो-तीन मिनट तक अपने आप से दूर न होने दिया। वो अलग बात है उसके बाद चंदन को फिर डाँट पढ़ने लगी कि - "कहा था?", "हाथ पकड़ कर रखा कर", "जब देखो शक्तिमान-शक्तिमान करता रहता है", और एक लंबा सा भाषण शुरू हो गया।

चंदन के पापा ने गोपाल और बिट्टू का बहुत तह दिल से धन्यवाद किया और खूब सारा माता-रानी का प्रसाद भेंट में दिया। अब चंदन और उसके मम्मी-पापा को दिल्ली के लिए रवाना होना था। गोपाल चंदन के बालों पर

हाथ फेरते हुए बोला - "अब ध्यान रखना अपने और अपने शक्तिमान का।"

"हाँ, ध्यान रखूँगा।" यह बोलकर चंदन फिर शक्तिमान की तरह ज़ोर-ज़ोर से घूमने लगा और फिर ज़मीन पर गिर पढ़ा। सब देखकर हँसने लगे, बिट्टू ने उसे उठाया, तो चंदन बिट्टू की तरफ़ देख कर बोला - "जय माता दी, बिट्टू भैया", और फिर सबने जयकारा लगाया "सांचे दरबार की जय, जय माता दी!"

अब गोपाल भी PCO पर आ चूका था, उसने चंदन का ख्याल पूछते हुए कहा - "और मेरे शेर तबीयत कैसी है? दूध से शक्ति आई, शक्तिमान कैसा है?" बस फिर क्या था, चंदन बिट्टू और गोपाल को शक्तिमान के नए एपिसोड की कहानी सुनाता गया और दूसरी तरफ़ एक प्रसाद की दुकान पर रेडियो पर एक रिपोर्टर कारगिल युद्ध की खबर बताता गया।

"यह आकाशवाणी है।

कारगिल सेक्टर में भारतीय सेना ने आज कई महत्वपूर्ण चोटियों पर फिर से नियंत्रण स्थापित किया है। रक्षा मंत्रालय के अनुसार, घुसपैठियों को भारी नुकसान उठाना पड़ा है और अभियान जारी है। वायुसेना द्वारा दुर्गम इलाकों में सहायता अभियान चलाया जा रहा है। देशवासियों से शांति बनाए रखने और सेना का मनोबल ऊँचा रखने की अपील की गई है।"

देश की सेना के लिए उस समय देश के लोगो का विश्वास जरूरी था। चंदन को बचाने के लिए गोपाल के लिए आत्मविश्वास बहुत जरूरी था। माता-रानी की प्रार्थना करके बिट्टू अपना आत्मविश्वास बढ़ाता था, ताकि चंदन को भरोसा दिला सके की वो उसको उसके माँ-बाप के पास पहुँचा देगा और चंदन का आत्मविश्वास शक्तिमान को देखकर ख़ुद बढ़ जाता

था। पता नहीं कौन सी कहानियाँ कारगिल युद्ध के दुश्मनों का आत्मविश्वास बढ़ाती थी। लेकिन यह बात साफ़ है कि दुनिया में हर व्यक्ति का आत्मविश्वास बढ़ाने के लिए एक ही दृष्टि अपनाना लगभग नामुमकिन-सा है।

किसी का कुछ
ख्याल नहीं रहता है,

जब मेरा मन उसके
साथ मग्न रहता है,

इसको कोई रिश्ता
मत समझ लेना,

क्योंकि इंसान इसको
कला भी कहता है।

कला और कहानियाँ

जब दसवीं के बोर्ड की परीक्षा आने वाली होती है, दिल इतनी तेज धड़कने लगता है कि दिमाग़ की दीवारों पर भी उसका असर आना शुरू हो जाता है। इसके अलावा मम्मी-पापा की उम्मीदों का बोझ भी इस दिमाग़ को उठाने के लिए तैयार कराना पढ़ता है। ऊपर से फरवरी के महीने का पालन-पोषण सही से ना होने के कारण वो बस 28 दिन के अंदर ही सिमट कर रह जाता है।

मेरा पहला बोर्ड का पेपर 3 मार्च 2002 को था। मेरी हालत ऐसी थी कि आधी थाली खाना बचा हुआ है और पेट इतना भर चुका है कि अब एक निवाला भी अंदर नहीं जा पायेगा। पहला पेपर विज्ञान का था, जिसके लिए मैं भगवान से प्रार्थना कर रहा था कि बस पढ़ा हुआ परीक्षा में आ जाये तो और न पढ़ना पढ़े क्योंकि मुझे 'over studying' करना पसंद नहीं था।

भगवान भी न जाने क्या ही सोचता होगा मेरे बारे में कि विज्ञान के पेपर में भी इसको कितना भरोसा है मुझ पर, जबकि दुनिया की तरक्की भगवान के भरोसे नहीं विज्ञान के भरोसे ज़्यादा होती है।

खेर परीक्षा को सिर्फ़ एक हफ़्ता रह गया था, आज रविवार था और अगले शनिवार को मेरी परीक्षा थी। मेरी स्टडी टेबल पर किताबे ऐसे रखी हुई थी जैसे कोई सड़क पर लगे बाज़ार की सेल में कपड़े बिक रहे होते है और लोग अपना पूरा हाथ डालकर अपनी किस्मत को आज़मा रहे होते है कि कुछ तो बचा होगा जो उनपर जचे। यहाँ पहले ही दिमाग़ पर इतना बोझ था की पता नहीं मम्मी को आज के दिन ही घर की सफाई करना क्यों सूजा बस बार-बार एक ही बात बोले जा रही थी -

"हंटू, आज अपनी स्टडी टेबल को संभाल ले, पूरा घर साफ़ हो रहा है, जल्दी से जल्दी संभाल।"

"हंटू, अभी तक उठा नहीं, जल्दी कर बेटा।"

"हंटू, अगर अब और देर की तो फिर मुझे ही तेरी किताबों को इधर-उधर उठाकर रखना पड़ेगा और फिर तू कहेगा ये नहीं मिल रहा, वो नहीं मिल रहा।"

मम्मी के एक के बाद एक हमले के बाद मेरा दिमाग़ ज़ख्मी होने लगा और अगर इस दिमाग़ को मैंने और ज़ख्मी होने दिया तो शायद सारा पढ़ा-पढ़ाया विज्ञान लीक करने लगता इसलिए मैंने बेहतर यही समझा की क्यों ना कपड़ो के ढेर को, ओह, माफ़ कीजिएगा, किताबों के ढेर को ख़ुद ही संभाला जाये।

मैं अपनी टेबल के पास पहुँचा, तो मुझे समझ नहीं आया की शुरू कहा से किया जाये क्योंकि किताबों के ऊपर कोई गिनती तो थी नहीं कि एक-एक करके सबकी बारी आएगी। मन तो कर रहा था कि सबको एक बारी में नीचे गिरा दूँ और एक-एक करके टेबल पर सजता जाँऊ। मगर यह स्टंट परीक्षा के बाद किया जा सकता था, पहले नहीं क्योंकि विद्या रानी बुरा मान जाएगी और फिर मेरे परीक्षा में नंबर कम आयेंगे, जोकि मेरा ज़ख्मी दिमाग़ बिल्कुल सहन नहीं कर सकता था।

फिर मैंने जैसे-तैसे करके किताबों को संभालना शुरू किया। फिर देखा तो हिंदी की किताब, अंग्रेज़ी की किताब से भिड़ी थी जैसे कह रही हो - "चली जा हिंदुस्तान को छोड़कर यह अब एक आज़ाद देश है।" वहीं अंग्रेज़ी हर किताब में जगह बना राखी थी और इकरा रही थी कि जैसे कह रही हो कि - "मैं अब यहाँ से कहीं नहीं जाने वाली, मैं तो यहाँ के लोगो के दिल और दिमाग में बस्ती हूँ, तुमसे ज़्यादा लोग मुझे पढ़ना पसंद करते है।" और ये बात भी सही थी, मैं हिंदी सिर्फ़ हिंदी में पढ़ता था बाकी सब किताब अंग्रेज़ी में।

अंग्रेज़ी और हिंदी की किताबों की नौक झोक संभालते-संभालते, एक ऐसी चीज़ ज़मीन पर गिरी जो न नोटबुक थी, न किताब, न रद्दी। वो थी ऐसी कुछ यादें, जिसमे शायद रंग तो थे पर वो रंग मेरे ज़िंदगी के रंगों से बहुत दूर जा चुके थे। उसमे कुछ आकार भी थे, जो मेरी जिंदगी को आकार नहीं दे पाये थे। उसमे कुछ सपने भी थे जो अब मैंने देखना छोड़ दिए थे

और वो थी मेरी तीन साल पुरानी ड्राइंग बुक, जिसमे मैं कुछ न कुछ नए आकार और तस्वीरे बनाया करता था। नए-नए तरीकों से रंग भरा करता था, अकेले में सोचा करता था कि अगर मैं अपने इन चित्रों को लोगो को बेचूँगा तो लोग उसको कितना पसंद करेंगे। मेरे नए आने वाले चित्रों का इंतज़ार करेंगे जैसे नई फ़िल्मों का लोग बेसब्री से इंतज़ार करते है।

कभी-कभार अकेले में सोची हुई बातें सही सी लगतीं है। लेकिन जैसे ही हम किसी उसके बारे में सलाह लेते हैं, तो उसमें गलतियां दिखने लगतीं हैं। तब इसका मतलब तो यह हुआ कि या तो आगे वाला सही है, या फिर हम, या फिर हम सब बस एक अंदाज़े से ज़िंदगी को जी रहे हैं, वो भी अपनों और दूसरों का मान रखते हुए।

ऐसे ही हमारे रोज़मर्रा के काम होते हैं। हम जो भी सोचते हैं, जो भी करते हैं, जो भी बोलते हैं, जो भी सुनते हैं। सब दुनिया की दी हुई कहानियाँ हैं। इन कहानियों से ही हमारा जीवन चलता है। जैसे ही हम जन्म लेते हैं, हमारी कहानी लोगों की कहानी से जुड़ जाती है। अब सवाल यह आता है कि हमारा जन्म होता कब है?

हमारा जन्म तब होता है, जब एक स्त्री (यानी हमारी माँ), यह अपना लेती है कि मुझे इस जीवन को दुनिया में लाना है। माँ की कोख से ही हमारी कहानी शुरू हो जाती है। सुनने में जैसा भी लगे, मगर यही सच है।

हम सोचते कब हैं अपने लिए? यह सोचना होता कैसे है? हमें तो अपना नाम तक नहीं पता होता। वो तो मम्मी-पापा ने बोल-बोल कर हमें कहा कि इस नाम पर तुम्हें सुनना है। सिर्फ अगर वो शब्द (यानी हमारा नाम) बोला जाए कहीं पर भी, तो सुनना है। यह कैसा खेल है? हमारा अपना कुछ है भी या नहीं। हमारे नाम का मतलब चाहे जो भी हो, शुरुआती कुछ साल तक तो हमारे लिए बेमतलब ही होता है।

लो, नाम भी चला गया हाथ से। यह भी जबरदस्ती चेप दिया गया था। तो अब तक तो आप मान गए होंगे कि हमारा कुछ है ही नहीं। हम सिर्फ एक कहानी हैं, जो आस-पास की कहानियों के लिए जीते जा रहे हैं। मम्मी-पापा ने कहा "ये" कर लो, कर लिया। दुनिया ने कहा ऐसा करोगे तो सफल

हो जाओगे, तो वो करके देख लेते है। और इस सब के बावजूद भी लोग कहते है कि अरे आपने यह नहीं किया तो क्या किया...

तो अगला सवाल यह है कि क्या जितना मैंने यहां कहा है, क्या यह सच है? या फिर सबकी कहानियों से लेकर अपनी कहानी के बीच में कुछ ऐसा है, जो कहीं न कहीं हमारे हाथ में भी होता है।

मैं अपनी ड्राइंग बुक को निहार ही रहा था की मैंने देखा की मेरी एक चित्र के ऊपर आर्ट टीचर ने पाँच स्टार स्टिकर चिपकाए हुए थे और उसके नीचे लिखा था, "वेल डन, हरेंद्र" (हरेंद्र यानी मैं)। हमारे आर्ट टीचर बहुत ही अलग-अलग तरीके के स्टिकर्स लाया करते थे और उन स्टिकर्स को वो बच्चों को इनाम के तौर पर उनकी ड्राइंग बुक पर चिपका कर दिया करते थे। वो पाँच स्टार वाला चित्र अब तक का मेरा सबसे अच्छी चित्र रहा था और उसी चित्र को फिर से देखते हुए मैं कहीं खो सा गया था।

बात करीब तीन साल पुरानी है। साधारण सी ज़िंदगी चल रही थी। वैसे यह "साधारण" सबका अलग होता है। एक अमीर की भी ज़िंदगी कुछ वक्त के बाद साधारण है और गरीब की भी। तो इस साधारण ज़िंदगी में मुझे चित्र बनाना अच्छा लगता था।

यह चित्र बनाना मेरे लिए वही काम था, जो किसी इंजीनियर के लिए कंप्यूटर चलाने जितना महत्वपूर्ण, किसी डॉक्टर के लिए मरीज़ का इलाज करना जितना महत्वपूर्ण, किसी स्त्री का माँ बनने जितना महत्वपूर्ण या किसी नन्हे से बच्चे का चलना सीखना जितना महत्वपूर्ण। उस समय मेरा छोटा भाई, जो मुझसे दस साल छोटा था, चलना सीख रहा था।

मेरे भाई के लिए चलना एक नई कला थी। कभी गिरता, कभी खड़ा होता, कभी उठता, कभी सहारा लेता, कभी दो कदम चलता, और फिर गिरता। यहाँ पर हम दोनों की कहानी एक जैसी है। हम दोनों को दुनिया ने सिर्फ यह सिखाया था कि कैसे रंगों का इस्तेमाल करते हैं और कैसे इधर-उधर का सहारा लेकर चलते हैं।

अब आगे क्या? कौन फैसला लेगा? कोई चित्र बनाए या नहीं? कुछ कदम आगे चले जाये या नहीं?

यह वही पल होता है, जहाँ से हमारी सोच शुरू होती है। जहाँ पर हमारे पास कलम है, बस यह सोचना है कि इस कलम से खुद कहानी लिखें, या फिर इस कलम को दुनिया के हाथ में छोड़ दें, दोनों में कहानियाँ लिखी जाएंगी। फर्क यह कि एक फैसले में कहानी हम लिखेंगे, और दूसरे में दुनिया।

यहां हम दोनों भाइयों ने उस समय जो कलम हमारे हाथ में थी, वो किसी और को नहीं दी। मैंने अपनी ख्वाबों की दुनिया से कुछ चित्र बनाना शुरू किया और मेरे भाई ने चीज़ों का सहारा लेकर चलना। कुछ दिन बाद, मैंने अपने चित्र पहले से बेहतर पाए लेकिन दुनिया की नज़रों में वो सब हद से ज्यादा बेकार थे और भाई ने 10-15 कदम चलना सीख लिया था, जोकि दुनिया के लिए कुछ खास मायने नहीं रखता था। पर हम दोनों के लिए ये बहुत बड़ी बात थी।

कभी-कभी दुनिया में जो हमारे लिए बड़ी बात होती है, वो लोगों को छोटी लगतीं है। यह वही लोग होते हैं, जो अपनी दुनिया की बड़ी बात बनाना छोड़ देते हैं। और बाकी लोगों की कहानियों में गुम हो जाते हैं। मगर यहाँ पर अभी ऐसा कुछ नहीं था। हम दोनों भाई, अपने लिए बहुत खुश थे, जब तक हम अपनी तुलना किसी दूसरे से न करें।

हम सबके अंदर एक उभरता कलाकार होता है, जोकि सही-गलत से परे हटकर, खुद की कुछ कहानी लिखने में मगन होता है। अब हम हर काम में तो एक नंबर हो नहीं सकते, तो काफी कहानियाँ दुनिया के भरोसे चलती हैं, लेकिन जिस कहानी पर हम अपना हक जमा सकते हैं, उसी को कला कहते हैं।

लेकिन इस कला का अंत कभी भी हो सकता है। हम अपनी कहानी लिखना कभी भी छोड़ सकते हैं। ये ज़्यादातर तब होता है, जब हमें सही ज्ञान न हो, ताकि उस कहानी को अंजाम दे सकें, या फिर हम अपनी कहानी को दूसरों की जैसी बनाने की कोशिश में जुट जाये। यह उलझनें सबके साथ आती हैं।

लेकिन उस दिन ऐसा कुछ नहीं हुआ था। हमें न तो कोई कहानी पूरी करनी थी और न ही कुछ दूसरों जैसा करना था। मैं अपना चित्र बनाकर हटा ही था कि छोटे से नन्हे से हाथ मेरे कंधे पर आकर रुके और उन नन्ही सी आँखों ने मेरा चित्र देखकर एक हल्की सी मुस्कान से मेरी तरफ़ देखा। जो चित्र शायद अब तक मुझे बेकार सा दिख रहा था, वो एकदम से लाजवाब हो गया था।

सिर्फ इतना ही नहीं, मैंने उस नन्हे से हाथों को संभाला और उसको बिना सहारे के खड़ा हुए देख मैंने उसके लिए ताली बजाई, और ज़ोर से गले लगाया। उसके बाद मैंने एक हाथ से उसका हाथ पकड़ा और दूसरे हाथ में अपना चित्र और हम दोनों मम्मी-पापा के पास चल दिए अपनी इस उभरती हुई कला को दिखाने।

अब यह दो छोटी सी कहानियाँ जो हम दोनों भाइयों ने अपनी कलम से लिखी थीं, इस दुनिया को दिखाना चाहते थे। जब हम अपने मम्मी-पापा के कमरे में पहुँचे तो मैंने कहा - "देखो मम्मी, देखो पापा, बंटी बिना सहारे के चल रहा है।"

मम्मी-पापा ने बंटी को अपने पास दूर से बिना सहारे के ही बुलाने की कोशिश की तो बंटी लटकते-मटकते उनके पास पहुँच गया। मैं अपने मम्मी-पापा को ऐसे हँसते और खुश होते हुए बहुत कम बार देखता था। अब मेरी बारी थी कि मैं अपना वो चित्र उन दोनों को दिखाऊ और उन दोनों की ख़ुशी दुगनी कर दूँ। मगर मुझे क्या मालूम था कि मेरे चित्र की तुलना मेरे गणित की परीक्षा से करदी जाएगी।

मम्मी ने चित्र को एक बार आराम से देखा और "शाबाश हंटू" कहकर सिर पर हाथ फेर दिया। मगर पापा को अभी भी मेरे पिछले गणित की परीक्षा के नंबर कहीं न कहीं चुब रहे थे क्योंकि शायद मैं अपनी कक्षा में गणित में अच्छा करते हुए भी कुछ बच्चो से पीछे हो गया था और उसकी वजह यह थी कि अब मुझे चित्र बनाने में ज़्यादा मज़ा आने लगा था, तो मैं गणित को पूरा समय नहीं दे पाता था।

पापा की वो बात मेरे कान में आज भी गूँजती है - "बेटा क्या ही करोगे यह चित्र बनाकर, मानता हूँ की तुम्हें यह पसंद है, लेकिन अगर कक्षा में अच्छे अंक नई आए तो यह चित्र तुम्हारी कोई मदद नहीं कर पायेंगे, तो थोड़ा पढ़ाई पर भी ध्यान दिया करो, क्या पता तुम फिर से गणित में अव्वल आ जाओ।"

आज के समय में, मैं गणित में हमेशा टॉप 3 में रहता था, मगर स्टिकर वाले स्टार्स मैंने इक्कठा करना अब बंद कर दिए थे। मेरा एक आँसू, मेरे उस चित्र के स्टिकर वाले स्टार पर जाकर गिरा और उस चमकते हुए तारे को बुझने की कोशिश करने लगा। मैंने उस तारे को बुझने से पहले ही उसपर से अपने आँसू पोंछे और साथ ही अपनी आँखों से भी। जल्दी से अपनी बाक़ी बची हुई किताबों को संभाला और तय किया की बस सिर्फ़ कुछ देर के लिए ही सही मैं कुछ न कुछ चित्र बनाऊँगा। मैंने चिल्लाकर आवाज़ दी - "बंटी, इधर आना।"

बंटी जोकि अब चार साल का हो चुका था, दौड़ते हुए मेरे पास आ पहुँचा और पूछा - "क्या हुआ भैया?"

"तेरे पास कुछ भी पढ़ा है ड्राइंग बनाने को?"

"हाँ, है"

"तो ले आ, आज कुछ ड्राइंग बनाते है, मजा आयेगा..."

"लेकिन भैया आपको पढ़ना नहीं है?"

मैंने "ना" में गर्दन हिलाकर रौब जमाया और कहा - "अबे जाकर लेकर आना जो भी है, इतने दिनों बाद टेबल साफ़ हुई है, थोड़ा इस्तेमाल कर लिया जाये।"

बंटी ने फिर देर नहीं की, उसके पास जो कुछ भी था जो चित्र बनाने में काम आ सकता था सब ले आया और फिर मैंने कुछ न कुछ बनाना शुरू किया। बंटी भी मेरे बगल में कुर्सी लगाकर बैठ गया और ध्यान से देखता रहा कि मैं ऐसा क्या बनाने वाला हूँ।

जब मैं चित्र बना रहा था, न जाने ऐसा क्या जादू हुआ कि जो दिमाग़ काफ़ी समय से ज़ख्मी हालत में था, उसको एक दम से आराम मिलने

लगा। परीक्षा का डर निकलने लगा और कुछ समय के लिए मैं फिर से कहीं अपनी कहानियों में ही गुम हो गया।

अब दुनिया चाहे जो भी कहे। हरेंद्र के साथ चाहे जो भी हुआ हो। लेकिन लोगों की कहानी से लेकर हमारी कहानी तक सिर्फ़ एक कलम का अंतर होता है, जो हमें हमसे जोड़ता है। हमारे जीवन में हज़ारों कहानियाँ आती जाती है। लेकिन जो भी कहानी हम अपनी कलम से लिखते हैं, वो कुछ समय के लिए हमारी कला बन जाती है।

कपड़े की तालाश

कभी-कभी ऑफिस का काम बोझ-सा क्यों लगने लगता है कि मन ही नहीं करता काम करने का? लेकिन क्या करें, कई बार ज़िंदगी में काम करना ही ज़िंदगी जीने की वजह बन जाता है, चाहे उसके पैसे मिलें या हम उसे के लिए करें। लोग कहते है कि प्यार के सहारे भी जिंदगी को जिया जा सकता है, काश ऐसा हो पाता। धीरे-धीरे समझ आता है कि जिंदगी प्यार के सहारे नहीं चलती, ऊर्जा के सहारे चलती है और वो ऊर्जा खाने-पीने से आती है, और आजकल की दुनिया में खाने-पीने के लिए पैसा चाहिए होता है। प्यार तो सिर्फ इस काम करती हुई दुनिया के बीच की कहानियों का एक हिस्सा होता है, जो काम को और खूबसूरत बनाता है। देखा जाये तो पेड़ भी फल और हवा तभी दे पाता है जब उसको धूप, पानी और सही हवा मिले। जैसे-जैसे पेड़ को सही ऊर्जा मिलती है, वैसे-वैसे वो अपने कर्म और प्यार से फल को और खूबसूरत बनाता जाता है।

बात है साल 2005 की जब भारत देश में बड़ी तेजी से बदलाव आ रहा था, वैसे सिर्फ़ भारत देश में नहीं, पूरे विश्व में बड़ी तेजी से बदलाव आ रहा था। मगर भारत के लिए यह बदलाव बहुत ही अजीब सा था। जहाँ पर सरकारी दफ्तरों में लोग बढ़े आराम से काम करते थे, फ़ाइलों को इधर-उधर भेजने में समय लगता था, कुछ फ़ाइलों को खोलने के लिए नोट लगते थे और कुछ फ़ाइलों को बंद करने के लिए बहुत ज़्यादा नोट लगते थे, उस दुनिया में "documents" का आगमन बहुत तेजी से हो रहा था।

अब आप सोचेंगे यह 'documents' और फ़ाइलों में क्या फ़र्क़ होता है? दोनों एक ही तो बात है, मगर जहाँ पर एक 2x2 के डिब्बे में सिर्फ़ 20-25 फाइल आ सकती थी, 'documents' करीब 2000-5000 आ सकते थे। उस नए 2x2 के डिब्बे का नाम था 'कंप्यूटर'।

कंप्यूटर जैसी तकनीक ने उस समय पर काफ़ी लोगो की ज़िंदगी बदल दी और कुछ लोगो की तो ज़िंदगी उलट-पुलट करदी। जहाँ पर पहले 10 लोग चाहिए होते थे, वहाँ पर कुछ 2-5 लोगो से काम चल जाता था, लेकिन सरकार अब सरकारी बाबुओं को बिना किसी वजह तो बाहर निकल नहीं सकती थी क्योंकि सरकारी नौकरी तो 'सिक्योर' होती है, और 'सिक्योर' चीज़ बंद हो जाएगी तो सबसे पहले सरकार गिरेगी, क्योंकि सरकार को हम जैसी आम पब्लिक ही 'सिक्योर' करके रखती है। तो सरकार धीरे-धीरे सरकारी नौकरियों की सिस्टम कम करने लगी, पर यह बात शायद बताना भूल गई कि जनसंख्या पर भी कंट्रोल करना होगा, वरना सीट भरने वाले लोग कम नहीं होंगे।

खेर इन सब सरकारी मामलो को अब अनमोल की नजरों से देखते है। जब बचपन में अनमोल पर कोई विश्वास दिखाकर उसको कुछ करने को कहता था, तो वो उस काम को करने की क्षमता रखता था। धीरे-धीरे उसको काम करने की आदत लग गयी। कभी चित्र बनाता, कभी अपनी कॉलोनी का कप्तान बनता, कभी माँ-बाप का हाथ बटाता और कंप्यूटर सीखने में अपने दोस्तों में सबसे आगे रहता।

भारत में शायद आपको भी कभी बोला गया हो कि सरकारी नौकरी की तैयारी करलो, ज़िंदगी सेट हो जाएगी या फिर आपने तैयारी करके नौकरी निकाल भी ली हो। पर अनमोल काफ़ी अनमोल था, उसको सरकारी नौकरी बिना तैयारी करे ही मिल गई थी।

ज़्यादा दिमाग़ मत लगाइए, न ही उसके परिवार में किसी की मृत्यु हुई थी जिससे अनमोल को उसकी जगह पर रख लिया हो, और ना ही अनमोल के घर वालो के पास ज़्यादा पैसा था। यह नौकरी अनमोल को उसकी महनत से मिली थी क्योंकि उसको कंप्यूटर चलाना बख़ूबी आता था और उसने एक सरकारी कांट्रैक्ट जॉब का टेस्ट पास कर लिया था।

परिवार में सब बहुत खुश थे, लेकिन अनमोल कही खोया-खोया सा रहता था। यह कुछ ऐसा था कि किसी पेड़ के बीज को ऐसी जगह बो दिया हो जहाँ पानी, हवा, धूप सब कुछ है, मगर वो जमीन उपजाऊ नहीं है,

जिसके कारण वो पेड़ सही से बड़ा नहीं हो पा रहा था। ऐसे ही अनमोल भी अपने आपको किसी काम का नहीं समझ पा रहा था। अनमोल को अपने आप पर विश्वास पेड़ के फल की तरह था, जो सही से पक नहीं पा रहा था। अनमोल को यह सरकारी नौकरी पर जाने का बिल्कुल मन नही करता था।

जी हाँ आपने सही पढ़ा, सरकारी नौकरी पसंद नहीं थी अनमोल को, अनमोल कहता था कि उसको कंप्यूटर चलाना और अच्छे तरीके से सीखना है और ऑफिस का काम ईमानदारी से करना है। लेकिन महनती और ईमानदार यह दो शब्द ऐसे है, जो अगर समय-समय पर सरकारी दफ्तरों में अपनाये जाते तो शायद भारत को प्राइवेट सेक्टर की इतनी जरूरत न पढ़ती। प्राइवेट स्कूलों की फीस इतनी ज़्यादा न बढ़ती, बाहर की कंपनियाँ भारत में अपना राज फिर से इतनी जल्दी ना ला पाती और भारत भी तकनीक के मामलों में एक आत्म-निर्भर देश बन पाता।

कुछ समय बाद अनमोल को अपने दादा-दादी के घर जाने का मौका मिला। दादी को अपने पोते का बेसब्री से इंतज़ार रहता था। दादी की उम्र करीब 70 साल थी। दादी ने अपने टाइम पर सिर्फ़ दसवीं पास की थी और उसके बाद से उन्होंने घर का काम ही संभाला था। घर में वो अपने बच्चों को संभालती, पति का ख्याल रखती, घर का थोड़ा बहुत हिसाब रखती। उनके लिए यही नौकरी थी। यही वो काम था, जिसके उन्हें पैसे मिलते थे।

यहाँ पर पैसे मिलने का मतलब तनखाह नहीं, स्त्रियों को जब घर ग्रहस्ती में बांध दिया जाता है तब जो पति कमा कर लाता है वही पत्नी की भी कमाई होती है। तो पति की कमाई का पैसा, पत्नी अपना ही पैसा मानने लगती है। यह वही ऊर्जा है जो उस स्त्री को काम करने पर मजबूर करती है, ताकि वो घर चला सके, बच्चों का ध्यान रख सके।

धीरे-धीरे दादी का प्रमोशन हुआ, बच्चे बढ़े हुए, उनकी नौकरी लगी, ऐसे ही और कमाई बढ़ी। जैसे-जैसे साल बीते वैसे-वैसे बच्चों का घर भी बसने लगा। दादा-जी जोकि क्लर्क की नौकरी करते थे, अब रिटायर हुए और पेंशन आने लगी। मगर दादी के लिए वो अभी भी समान रूप से उनकी

कमाई ही थी, क्योंकि दादा-जी तो नौकरी और ऑफिस से आजाद हो गए थे, लेकिन दादी उसी घर में रहती थी, जहाँ वो काम करती थी।

ऐसा क्यों होता है कि कुछ लोग तो रिटायर हो जाते है और कुछ लोग जिंदगी भर काम करते रहते है? क्या अच्छा है हमारी जिंदगी के लिए, रिटायर हो जाना या काम करते रहना? मगर काम करके तो हम थकते है, परेशान होते है, फिर दादी क्यों नहीं काम छोड़ती थी। अगर काम छोड़ दिया तो करेगा कौन, दादा-जी को तो काम की आदत थी नहीं। अब तो घर के बच्चे भी अपने-अलग घरों में चले गए थे, रह गए थे तो सिर्फ़ दादा और दादी। दादा-जी छोटे-मोटे बाहर के काम कर आते थे और दादी अब बच्चों की सेवा ना करके, घर की चीज़ो की सेवा करने लगी थी।

अब इस उम्र तक आते-आते दिखना और सुनाई देना भी कम हो गया था। रोज़ उठना, खाना, घर का ध्यान रखना, फिर खाना, सोना, घूमना, टीवी देखना, फिर खाना और फिर सो जाना। यह शायद हम नौजवानों की रोजमर्रा की जिंदगी से कितना मिलता-जुलता हैं। कहीं हम अभी से तो बूढ़े नहीं हो गए। मान लो की बूढ़े हो भी गए तो, क्या दादी की तरह दिन गुजारने में कोई दिक्क़त है? ऐसे कई सवाल है, जो हमारी आने वाली जिंदगी को साफ़ दिखा देते है और शायद यह एहसास भी दिला देते है कि इससे ज़्यादा और कुछ नहीं। वो समय अच्छा होता है, जब हम दुनिया की सहर करने कोई नयी जगह जाते और कुछ नया देखते है, मगर हमारी दुनिया वो होती है, जो हम रोज करते है।

अनमोल दादी को काफी दिनों के बाद मिलकर बहुत खुश था। उसका बचपन दादी की आँखों में था और उसकी मस्ती भरी जिंदगी दादी के घर के आँगन में। मगर वो परेशान था, उसने अपना दुख दादी के साथ बांटते हुए कहा - "मैं यह नौकरी नहीं करना चाहता।"

"देख अनु बेटा काम तो करना पड़ेगा, ऐसे जीवन जीने के लिए पैसा कैसे आयेगा।" - दादी ने लाड करते हुए कहा।

"जो काम मैं कर रहा हूँ, वो काम कम, मजबूरी ज़्यादा लग रही है।" - अनमोल ने दादी के हाथ को अपने सिर से हटाते हुए कहा।

अनमोल को अपना काम अच्छा लगता था, मगर बेबस होकर नहीं। वो भी मन से दादी की तरह ही था, जो काम में गुम हो जाता था, बस थोड़ा जीने के लिए पैसा आता रहे। मगर जहाँ वो काम कर रहा था, वहां काम कम, कुछ और ज़्यादा होता था।

दादी ने फिरसे उसके सर पर हाथ फेरते हुए कहा कि काम तो करना पड़ेगा। थोड़ा सन्नाटा छाया, फिर इधर-उधर की बातें होने लगी। अगले दिन अनमोल ने दादी को घर की सफाई करते हुए देखा, तब अनमोल के दिमाग़ में एक ख्याल आया क्यों न दादी का वो कपड़ा छीन लिया जाये, जिससे वो सफाई कर रही थी। बिना ज़्यादा सोचे उसने कपड़ा छीन लिया। दादी ने गुस्सा तो नहीं किया, मगर थोड़ा चिल्ला कर बोली- "क्या कर रहा है बेटा?"

"मैं आपको सफाई नहीं करने दूँगा।" - अनमोल ने रौब जमाया।

"बस थोड़ी सी रह गई है, उसके बाद नहीं करूँगी।" - दादी परेशान होकर बोली।

"नहीं, अब से आप सफाई मत करा करो, जब घर में दिक्क़त आए तब करना।"

"नहीं बेटा, यह तो रोज़ करना होगा, वरना घर गंदा हो जाएगा।"

"तो क्या हुआ, आप कौन सा कहीं जा रहे हो, कर लेना बाद में।" अनमोल ने जिद्द पकड़े रखी।

"बेटा, ऐसे तो में ख़ाली हो जाऊँगी।"

अनमोल खिलखिलाकर हँसा और दादी को उसी समय कपड़ा वापिस देते हुए कहा - "लो दादी, आप आराम से सफाई करो, मैं तो बस आपको यह समझाना चाह रहा था कि जिसको काम करना पसंद होता है, और जब काम होते हुए भी, कोई आपसे आपका काम छीन ले, तो मन खाली सा लगता है। मैं भी वही खालीपन इस नौकरी में महसूस करता हूँ।"

दादी ने अनमोल की बात को कितना समझा यह तो पता नहीं, मगर अनमोल की पीठ थपथपाते हुए कहा - "जो तुझे अच्छा लगे वो कर, मगर काम करना जरूरी है बेटा।"

हर काम से पैसा नहीं कमाया जा सकता, मगर काम करने से जिंदगी का मतलब बार-बार बदला जा सकता है। चाहे हम घर की सफाई करे, चाहे घर का खर्चा संभाले, चाहे खाना बनाये, चाहे ऑफिस का काम करे। जब किसी चीज को करने से हमारे अंदर और बाहर कुछ भी बदलता है, वो ही हमारा कर्म है, वो ही हमारा फल है, अब चाहे वो मीठा हो या फीका।

अनमोल भी काम करना चाहता था, मगर उसके हाथ से बार-बार कोई वो कपड़ा खींच रहा था। उसे अपने उस "कपड़े" की तालाश थी कि कब उसको कोई ऐसा मौका मिले जब वो कुछ नया काम कर पाए और जिंदगी के कुछ मायने बना पाए।

करीब तीन साल बीते, इन तीन सालों में अनमोल ने अपने जमा किए हुए पैसों से, अपने लिए एक एडवांस कंप्यूटर ख़रीदा जिसमे बहुत से नए फीचर्स थे। वो सुबह नौकरी करता था, जिसमे जो उसे थोड़ा बहुत काम मिल जाता वो कर लेता। साथ ही वो रोज़ रात को करीब एक घंटा अपने कंप्यूटर पर कुछ नया सीखता रहता। अब अनमोल नौकरी से न भागकर उसका सामना कर लेता था और अपना कुछ सीखते रहने से अपनी ज़िंदगी के वर्तमान को नया मतलब देता जाता था।

साथ ही 2008 के समय में भारत देश में facebook का उपयोग तेजी से बढ़ रहा था। अनमोल भी facebook चलाता था और अनमोल ने facebook के लिए अपनी महनत से दो-तीन 'Applications' बनायी थी। जिसमे से अनमोल की एक Application को बहुत से लोग इस्तेमाल किया करते थे। Facebook की तरफ़ से अनमोल को काफ़ी इनाम भी मिलते रहते थे, जिसमे थोड़ा पैसा भी मिलता था। उसमे से कुछ पैसों से अनमोल ज़िंदगी में कुछ-न-कुछ नया सीखता रहता था और अपनी दादी के लिए तोहफ़े लेकर जाता था।

अनमोल की दादी अब और बूढ़ी हो चुकी थी, और आज भी वो घर की सफ़ाई में मगन रहती थी। अनमोल फिरसे उनका वो कपड़ा कभी नहीं छिन्ना चाहता था। वह जान गया था कि जिंदगी फल का इंतज़ार करने के लिए नहीं होती, वो तो काम करते हुए फल बनाने के लिए होती है। अब

अनमोल अपने काम से खुश था या नहीं यह तो नहीं कहा जा सकता, मगर काम करने के नए तरीके वो ढूँढता रहता था।

शिवम और गणेश

एक रात की बात है, जब मिसेज़ बत्रा यानी शिवम की माँ, परेशान बालकनी में खड़ी हुई तारों को देख रही थी। गैस पर रखा कुकर सीटी बजाकर मानों मिसेज़ बत्रा को अपनी तरफ़ बुला रहा था, मगर उनका मन पता नहीं किस ओर भटका हुआ था। तब मिसेज़ बत्रा के पति और शिवम के पिता जी, बत्रा जी ने कुकर के शोर को सुनकर उसको धीमी गैस पर किया और बाहर मिसेज़ बत्रा के साथ खड़े होकर उनसे पूछा - "आज दाल नहीं बनानी?"

"अरे, मैं तो दाल चढ़ाना ही भूल गयी।"

मिसेज़ बत्रा ने चौकते हुए कहा और तेजी से रसोई को ओर जाने लगी, तब बत्रा जी ने रोकते हुए बताया - "दाल बन रही है, मैंने गैस अभी कम की है, थोड़ी देर तक बन जायेगी।"

"आज आप दाल क्यों बना रहे हो, सब ठीक तो है?" मिसेज़ बत्रा ने हैरान होकर बत्रा जी से पूछा, तब बत्रा जी ने हैरान होकर वापिस पूछा - "तुम्हारी तबीयत तो ठीक हैं, ध्यान कहाँ है तुम्हारा आज-कल। दो-तीन दिन से देख रहा हूँ कि कभी खाने में नमक कम हो जाता है, और कभी बहुत ज़्यादा। कभी तुम मेरे धुले हुए कपड़े फिर से धो देती हो। आज भी दाल तुमने ही बनाने रखी थी फिर भी तुम्हें याद नहीं की दाल रखी है या नहीं। आख़िर बात क्या है, तुम मुझसे कुछ छुपा रही हो क्या?"

मिसेज़ बत्रा परेशानी में तो दिख ही रही थी, और इन सवालों को सुनकर थोड़ा घबराते हुए बोली - "मुझे आज कल इस घर में कुछ सही सा नहीं लगता। ऐसा लगता है कि किसी ने जादू-टोना कर दिया हो या फिर किसी की नजर लग गयी है।"

बत्रा जी थोड़ा मुस्कुराए क्योंकि वो जादू-टोने, नजर लगना-लगाने में नहीं मानते थे और बोले - "यह घर कोई जादूगर की टोपी थोड़ी है जो कोई

भी इसपर जादू कर सकता है और कहाँ नजर लग गयी है बताओ मुझे, घर पर सर्फ-एक्सेल तो होगा ही लाओ अभी साफ़ कर देता हूँ।"

"ये बात मजाक की नहीं है, मैं महसूस कर रही हूँ।"

"तो बात क्या है वो बताओ और थोड़ा मुझे सही से समझाओ, ऐसे जादू-टोने और नज़र लगने वाली बातों में मुझे मज़ाक़ ही सूझता है।"

फिर मिसेज़ बत्रा यानी शिवम की माँ ने विस्तार से समझाया कि - "काफी दिनों से शिवम बहुत उदास सा दिख रहा है। न सही से पूरा खाना खा रहा है, न अपनी बैडमिंटन एकेडमी में अच्छे से खेल रहा है, न सही से अपनी पढ़ाई और स्कूल का काम खत्म कर रहा है। हर जगह से उसकी शिकायतें आना शुरू हो गयी है और उससे बात करो तो सिर्फ 'हाँ' या 'न' में ही जवाब देता है। पूरा दिन टीवी देखता रहता है। इसी वजह से मेरी बेचैनी बढ़ने लगी है, कुछ समझ नहीं आ रहा आख़िर इस लड़के को हो क्या गया है?"

बत्रा जी ज्यादातर काम से बाहर ही रहते थे और जब तक श्याम को आते थे तो शिवम के साथ ज्यादा समय नहीं बिता पाते थे। वो इतना गहराई से यह सब नहीं देख पा रहे थे। मगर शिवम की माँ ने जब उन्हें यह सब बताया तो बत्रा जी को अपने आप पर पहली बार गुस्सा आया और उसकी वजह यह थी कि बत्रा जी शिवम को ज्यादा बाँधकर नहीं रखते थे, वो शिवम को उसके जीवन के फैसले खुद लेना सीखाना चाहते थे। मिसेज़ बत्रा ने बत्रा जी का गुस्सा शांत किया और उनसे पूछा कि अब आगे क्या किया जाए। फिर उन दोनों ने फैसला किया कि अगले ही दिन वो शिवम से आराम से बात करेंगे और जानने की कोशिश करेंगे कि आख़िर ये सब चल क्या रहा है?

अगली सुबह जब शिवम अपने बिस्तरे पर उठने के बाद भी बस आराम से आँख खोलकर लेटा हुआ था, तब बत्रा जी उसके बगल में जाकर बैठे और कहा - "Good Morning, क्या हाल है? स्कूल नहीं जाना आज, उठो चलो लेट हो जाओगे वरना।"

शिवम ने पहली बारी में नहीं सुना, तो फिर बत्रा जी ने सर पर हाथ फेरते हुए आराम से पूछा। शिवम ने फिर उनकी तरफ देखकर जवाब दिया -

"जाना तो है।"

"तो फिर चलो तैयार हो, कब तक ऐसे लेटे रहोगे, तबियत ठीक तो है ना तुम्हारी?" बत्रा जी जब यह सब पूछ ही रहे थे, तो मिसेज़ बत्रा दूर दरवाज़े पर खड़ी सब सुन रही थीं।

शिवम ने जवाब नहीं दिया और बस बिस्तरे से उठकर चल दिया। बत्रा जी ने शिवम को रोका और कहा - "अगर तबियत ठीक नहीं है तो जबरदस्ती क्यों जाना है, आज छुट्टी ले लो।"

शिवम ने ज्यादा कुछ पूछा नहीं और कहा - "जैसा आपकी मर्जी, पापा।"

बत्रा जी चौक गए कि ये हो क्या रहा है। एक अच्छा हँसता-खेलता बच्चा जोकि अपनी मर्जी से चलता है, यह क्या कह रहा है कि "जैसी आपकी मर्जी", कुछ तो गड़बड़ है। अब तो बत्रा जी के दिमाग में भी ऐसा आया कि सच में किसी की नजर तो नहीं लगी है। लेकिन बत्रा जी को पता था कि यह सब सोचने से कुछ नहीं होने वाला। उनके दिमाग में कई सवाल थे, और जवाब शिवम को पता थे। बत्रा जी ने झट से बोला - "कोई जरुरत नहीं है, स्कूल जाने की। यह स्कूल वाले कुछ सिखाते तो है नहीं बच्चो को, बच्चे न काम पूरा करते है, न खेलते है, बस पूरा दिन टीवी देखते रहते है। आज शिवम तुम मेरे साथ दिन बिताओगे, मैं भी छुट्टी ले लेता हूँ, चलो बताओ क्या करे आज, टीवी देखने के अलावा।"

"नहीं-नहीं पापा, आप ऑफिस जाओ, वरना आपको डाँट पड़ेगी।" शिवम एक दम से घबराते हुए बोला।

"अरे कुछ नहीं होगा, मेरी छुट्टियाँ बची हुई है, तो क्यों डाँट पड़ेगी? और तुम्हें मेरी डाँट की चिंता कब से होने लगी, पहले तो ख़ुद कहते थे, छुट्टी ले लो छुट्टी ले लो।"

"नहीं बस ऐसे ही कह दिया..."

"हाँ, तो चलो आज बैडमिंटन खेलने चलते है, अकैडमी। कुछ मैचेज़ हो जाये, देखते है किसमें कितना है दम।" बत्रा जी ने मुकाबला घोषित करते हुए कहा।

शिवम की आँखों में थोड़ा सुकून था, जैसे वो खुद ही स्कूल नहीं जाना चाह रहा था। वो नहाए बिना ही तरो-ताज़ा हो गया था। इन सब बातों पर बत्रा जी ने ध्यान दिया, अब उनको बस यह पता लगाना था कि आखिर शिवम के साथ हुआ क्या है?

कभी-कभार हम मौकों का इंतजार करते है बच्चो के साथ वक्त गुजारने के लिए। लेकिन मौके का इंतजार इतना भी नहीं करना चाहिए कि फिर कभी ऐसा मौका ही न मिले।

फिर शिवम अपने पापा के साथ बैडमिंटन एकेडमी पहुँचा। अकैडमी में साइना नेहवाल का बड़ा सा पोस्टर लगा हुआ था और क्यों न लगा हो पिछले साल 2009 में साइना ने अपने प्रदर्शन से बैडमिंटन के खेल में भारत देश का नाम बहुत ऊँचा किया था। साइना नेहवाल को 'अर्जुन अवार्ड' से भी नवाज़ा गया था। देश के हर बच्चे के दिमाग़ में क्रिकेट के अलावा अब एक और खेल का भूत सवार था, जो था बैडमिंटन।

शिवम ने भी करीब छह महीने पहले बैडमिंटन एकेडमी जॉइन की थी और उसका खेल बहुत ही बढ़िया हो गया था। मगर उस दिन जब बत्रा जी के साथ कुछ मैचेज़ हुए, तो पता नहीं शिवम न जाने क्यों इतना बेकार खेल रहा था, उसके पापा को बिलकुल समझ नहीं आ रहा था। वो अंदाजा नहीं लगा पा रहे थे कि यह वही शिवम था जो दो हफ्ते पहले इंटर-स्कूल जीत कर आया था। अब बत्रा जी से और इंतजार नहीं हो रहा था।

जब वो दोनों घर पहुंचे, तब बत्रा जी ने थोड़े गुस्से से शिवम को कमरे में बुलाया ही था कि शिवम घबरा गया। मिसेज़ बत्रा ने उसके पापा को शांत कराते हुए कहा - "जरा आराम से।" इतने में ही शिवम की आँखों में आँसू आ गए थे और वो कांप रहा था। यह देख, शिवम के माँ-बाप दोनों के होश उड़ गए। मिसेज़ बत्रा ने शिवम को कसकर गले लगाया और उसको पानी पिलाया, बत्रा जी ने अपना गुस्सा थूका और आराम से पूछा -

"बेटा हमसे तो कोई भूल नहीं हुई, बताओ बेटा कुछ हुआ है तो हर चीज का इलाज है, हम मिलकर हल करेंगे।"

शिवम सिसकते हुए बोला - "पापा, मेरा आज-कल कुछ करने का मन नहीं करता, पता नहीं क्यों, मगर कुछ करने का मन नहीं करता।"

यह सुनकर मिस्टर और मिसेज़ बत्रा दोनों की दुनिया जैसे थम सी गयी थी। उनको उनका सपना टूटता हुआ सा दिखा। माँ-बाप के लिए तो उनका बच्चा सपना सा ही होता है, और वो सपना कुछ करना ही नहीं चाहता था। उस दिन शिवम के साथ पिछले कुछ हफ़्ते में जो भी कुछ हुआ था सब-कुछ दोनों को शिवम ने बता दिया। करीब एक घंटा वो तीनो साथ में बैठे रहे। रात के खाने तक कि किसी को भूख नहीं लगी, मिसेज़ बत्रा घबराई हुई थी और बत्रा जी का गुस्सा सातवें आसमान पर था। बत्रा जी को अब समझ आ रहा था कि शिवम ने उससे क्यों कहा था - "आप ऑफिस जाओ, वरना आपको डाँट पड़ेगी।" अब बत्रा जी को कल की सुबह का इंतजार था, वो पता लगाना चाहते थे कि यह सब क्यों हुआ?

अगली सुबह बत्रा जी ने फिर से शिवम को घर पर ही रहने के लिए कहा, बस आज वो खुद स्कूल जायेंगे और टीचरों से बात करेंगे कि क्या कोई ऐसा बरताव करता है किसी बच्चे के साथ? वो स्कूल पहुंचे तो शिवम की क्लास टीचर, क्लास में पढ़ा रही थी, तो बत्रा जी ने बाहर इंतजार करना ठीक समझा, और वो कॉरिडोर में बैठ गए। वहाँ पर उनके सामने कुछ बच्चे महशिवरात्रि की तैयारी में जुटे थे। बत्रा जी को याद आया कि दो दिन बाद महाशिवरात्रि है इसलिए बच्चे एक दिन पहले स्कूल में सैलिब्रेट करेंगे।

क्लास खत्म हुई, क्लास टीचर बाहर आयी और शिवम के पापा उनकी तरफ़ बढ़े। टीचर समझ चुकी थी कि वो यहाँ क्यों आये है और उन्होंने सीधा पूछा - "शिवम कैसा है, ठीक है उसकी तबियत?"

"पहले खुद तबियत खराब करो, उसके बाद यह नाटक, क्या चल रहा है आपके स्कूल में?" बत्रा जी ने गुस्से में वापिस एक सवाल किया।

"आप शांत हो जाइए, आपको में शिवम के मैथ के टीचर, वर्मा सर के पास लेकर चलती हूँ, शायद, आप-दोनों आराम से इस मामले को सुलझा

पाए।" बत्रा जी ने अपने गुस्से को संभाला और फिर क्लास-टीचर के साथ, वर्मा सर से मिलने चल दिए।

बत्रा जी के दिमाग में वो पूरा किस्सा चल रहा था। करीब दो महीने पहले वर्मा सर ने शिवम से 'मैथ ओलंपियाड' का फॉर्म भरवाया था। वे चाहते थे कि शिवम इसमें स्कूल और वर्मा सर, दोनों का नाम रोशन करे। शिवम ने भी उस समय खुशी-खुशी फॉर्म भर दिया। मगर करीब 'मैथ ओलंपियाड' से दो दिन पहले शिवम को पता चला कि उसका 'बैडमिंटन इंटर-स्कूल टूर्नामेंट' भी उसी दिन है जिस दिन 'मैथ ओलंपियाड' है। उसने अपनी मम्मी से बोला की उसका बैडमिंटन खेलने जाने का बहुत मन है, ओलंपियाड देने का नहीं। तब उसकी मम्मी ने उसे कहा जैसे तुझे ठीक लगे वैसा करले और साथ ही शिवम के दोस्त भी चाहते थे कि वो बैडमिंटन के लिए जाए। तो उसने फैसला किया कि वो मैथ ओलंपियाड नहीं देगा और ओलंपियाड से एक दिन पहले उसने वर्मा सर को मना कर दिया। वर्मा सर ने भी उसे उस समय कुछ नहीं कहा, मगर शायद मन ही मन उनको बहुत गुस्सा आया।

फिर जब शिवम 'बैडमिंटन टूर्नामेंट' में प्रथम आया तो उसने स्कूल में आकर सैलिब्रेट किया। संयोग से उस समय मैथ का पीरियड शुरू हुआ था। तो वर्मा सर ने आकर वो सेलिब्रेशन देखा, उनका भीतर दबा हुआ गुस्सा अचानक बाहर आ गया। वर्मा सर शिवम को अपना सबसे अच्छा विद्यार्थी मानते थे, मगर उस दिन उन्होंने शिवम को पूरी क्लास के सामने बुलाकर, बिना किसी वजह के डांटना शुरू किया, यह कहकर की क्लास में शोर मचा रहे हो। शोर तो पूरी क्लास मचा रही थी, फिर यह डांट जो शिवम को पढ़ रही थी वो शोर मचाने के लिए नहीं थी। वर्मा सर भी चाहते थे कि कोई उनका नाम भी रोशन करे, पर वो यह मौका वो गवा चुके थे। डाँटते हुए उन्होंने क्लास के सामने शिवम के बैडमिंटन ट्रॉफी की बेइज्जती की और दोनों हाथो पर पाँच-पाँच बार अपने फट्टे से जोर-जोर से मारा। शिवम के हाथों के साथ-साथ, पूरी क्लास भी सुन्न हो गयी थी। बच्चो को समझ नहीं आ रहा था कि हो क्या रहा है। शिवम पूरा दिन सदमे में रहा, शायद वो

रोना चाहता था, पर रो नहीं पाया। तब से अब तक शिवम का हाल इसलिए ऐसा था।

बत्रा जी और क्लास टीचर, वर्मा सर के पास पहुंचे और क्लास टीचर ने दोनों का परिचय करवाया। वर्मा सर परिचय सुनकर घबरा गए क्योंकि कहीं-न-कही उन्हें यह अहसास हो गया था कि उन्होंने क्रोध में आकर शिवम के साथ गलत किया है। तब बत्रा जी ने उनके सामने हाथ जोड़े और कहा - "मुझे मेरा शिवम लौटा दो, जो बच्चा कुछ दिनों से मेरे घर में है, वो मेरा शिवम नहीं है। मेरा शिवम ऐसा बिल्कुल नहीं था। वो यही कही खो गया है, आखिरी बार उसे आपने ही देखा था।"

यह बात सुनकर क्लास टीचर और वर्मा सर को सदमा लगा कि बत्रा जी आख़िर कह क्या रहे है। उन्होंने उनको संभालते हुए कहा - "आप आराम से बैठिए, और होश संभाले, शिवम तो आपके घर पर ही है।"

जब से बत्रा जी को याद आया था कि दो दिन बाद 'महशिवरात्रि' है, तब से उनके दिमाग में एक कहानी घूम रही थी। उन्होंने वो कहानी सोचते हुए वर्मा सर को बोला - "याद है आपको, शिव के क्रोध ने एक मासूम बालक यानी गणेश का स्वरूप ही बदल डाला था। अब तक मैं उस कहानी को गलत मानता था कि गणेश जोकि इंसान थे उनके सर पर हाथी का सर कैसे लग सकता है। मगर अब उसके पीछे का भाव समझ आया। शिव जी के क्रोध से लेकर गणेश का रुख बदलने तक, इंसान के रूप से हाथी के रूप तक से यह पता चलता है कि अब वो पुराना रूप कही खो गया है। अब उसे कोई नए रूप की जरुरत है। आपके अनजान क्रोध ने मेरे शिवम का वो रूप मिटा सा दिया है इसलिए मैंने आपसे कहा की मुझे मेरा शिवम लौटा दो। मैं विनती करता हूँ आपसे।" क्लास टीचर और वर्मा सर के पास अब कुछ बोलने जैसा बचा नहीं था।

कभी-कभार हद से ज्यादा क्रोध बहुत घातक साबित होता है। शिव जी और गणेश जी की कहानी से हम अंदाजा लगा सकते है। ऐसी कई कहानियाँ हमारे आस-पास होती है, जहाँ हम कभी-कभार लोगो के असली चेहरे को सही से जान ही नहीं पाते है। कोई घर में होने वाले क्रोधित व्यक्ति

से अपने आपको खो चुका है। कोई ऑफिस में बॉस के क्रोध से अपने आपको भूल चुका है। कोई पत्नी अपने पति क्रोध से अपने आपको खो चुकी है और कोई पालतू जानवर अपने मालिक के क्रोध से आजादी में रहना छोड़ चूका है। हमारे आस-पास बहुत से गणेश है, जो हाथी के सर के साथ जिंदगी जीना सीख चुके है, जब की वो उनका असली रूप नहीं है।

अब अगर वर्मा सर शिवम से माफी मांग भी लेते है, तो शिवम फिर से वैसा हो पायेगा या नहीं, यह तो कहा नहीं जा सकता। इसलिए कहते हैं कि कभी-कभी किसी भी बात में संतुलन खो जाना, एक नहीं, काफ़ी लोगों के सपनों को नुक़सान पहुँचा सकता है।

सोशल-मीडिया उर्फ़ स्टेटस?

"2012 की कथित 'प्रलय' पर बढ़ी हलचल:
क्या सचमुच खत्म हो जाएगी दुनिया?"

"दुनिया के अंत की आशंका से दहशत:
क्या बचेगा एक भी मनुष्य?"

"2012 की भविष्यवाणी को लेकर सस्पेंस
बढ़ रहा है: क्या यह सच होगी?"

शर्मा जी न्यूज़ चैनल पर आराम से खबरें देख रहे थे कि इतने में दरवाज़े पर ज़ोर-ज़ोर से कोई खटखट करने लगा। शर्मा जी को बहुत गुस्सा आया। गुस्सा इस बात का था कि डोर बेल होते हुए भी कौन बेवक़ूफ़ है जो खटखटा रहा है, चलो खटखटा रहा है फिर भी ठीक, लेकिन इतनी ज़ोर रो क्यों खटखटा रहा है कि दरवाजा ही तोड़ देगा।

"अरे देखना जरा, कौन बेवक़ूफ़ है दरवाज़े पर?"

"हाँ, देखती हूँ।" मिसेज शर्मा ने दरवाज़े की ओर जाते हुए कहा।

जैसे ही मिसेज़ शर्मा ने दरवाज़ा खोला तो एक हिलता-डुलता बेसहारा बदन मिसेज शर्मा की और चलकर आने लगा। उसके बदन से तेज़ गंध आ रही थी और ये साफ़ हो गया था कि वह पूरी तरह नशे में धुत था। मिसेज शर्मा जोर से चिल्लाई - "आ गया तू, लफ़ंडरगिरी करके? देखता भी है ख़ुद को शीशे में कभी? क्या हाल बना रखा है अपना तूने!" और उस बदन के थोबड़े पर एक कस कर तमाचा रख दिया।

"कौन आया है?" - शर्मा जी ने पूछा।

"आपका नालायक आया है, पता नहीं क्या ही होगा इसका?" - मिसेज शर्मा ने निराशा के साथ गुस्से से जवाब दिया।

"यह दुनिया... यह महफ़िल... मेरे काम की नहीं... मेरे काम की नहीं..." - एक तमाचा खाने के बावजूद, वह बदन, जो होश में था या नहीं, पता नहीं, गाना गुनगुनाने लगा।

"मुकुल, कहाँ से आ रहे हो, वो भी इतनी देर रात को, कब सुधरोगे कब, हम तो परेशान हो गए है तुमसे, अब हमसे और सहन नहीं होता मुकुल।" - शर्मा जी ने भी निराश होकर बस बोल दिया, लेकिन मुकुल ने क्या सुना क्या नहीं क्या पता। मिसेज़ शर्मा ने शर्मा जी से मुकुल को उसके कमरे में सुलाने के लिए कहा और साथ ही समझाया कि कल सुबह बात करते हैं, अभी तो यह बिल्कुल होश में नहीं है।

शर्मा जी ने मुकुल को उठाया ही था कि तभी उसका गाना चेंज हो गया -

"जियो तो हर पल ऐसे जियो, जैसे की आखरी हो..."

"जियो तो हर दिन ऐसे जियो, जैसे की आखरी हो..."

और पीछे से टीवी पर खबर अभी भी चल ही रही थी, जिसमे कुछ सवालों के जवाब मीडिया वाले लोगो से जानना चाहते था, या लोगो को बता रहे थे, उनको ख़ुद नहीं पता था।

मीडिया, मीडिया से याद आया सोशल-मीडिया, अब तक की दुनिया में क्या जबरदस्त खोज है। कोई भी किसी से कहीं से भी बैठे-बैठे बातें कर सकता है, बस इंटरनेट होना चाहिए। दूर किसी भी देश की बात झट से दूसरे देशों में पहुँचाई जा सकती है। क्या ही फ़र्क़ पढ़ता है, बात सच्ची है या झूठी? क्या ही फ़र्क़ पढ़ता है, कौन पढ़ता है कौन नहीं? क्या ही फ़र्क़ पढ़ता है, दुनिया का समय क़ीमती है या नहीं?

पर मुकुल के माँ-बाप को फ़र्क़ पढ़ता था, बहुत फ़र्क़ पढ़ता था, क्योंकि न जाने कौन से कल्चर को मुकुल फॉलो करने लगा था। उन्हें डर लगता था कि वो अपने मुकुल को कहीं खो न दे। मुकुल के ये लक्षण करीब 8 साल पहले ही दिखने लगे थे, जब मुकुल करीब 13 साल का था। वह अपने माँ-बाप से बहुत परेशान रहता था, मगर पता नहीं क्यों?

उसके माँ-बाप भी आम माँ-बाप के जैसे ही थे यानी मुकुल जो भी चाहता था, उसमें वो उसका हमेशा साथ नहीं दे सकते थे। इसके दो कारण होते है, या तो बच्चे नासमझ होते है, या माँ-बाप ज़्यादा समझदार। फिर देखा जाये तो हर कोई ऐसा करता है, चाहे वो आम इंसान ही क्यों न हो। यदि कोई आम इंसान किसी को खाता-पिलाता है, उसका ध्यान रखता है, अब चाहे वो कोई जानवर ही क्यों न पाल रहा हो, तो उस आम इंसान के दिमाग में यह तो बैठ ही जाता है कि जिसका वो ध्यान रख रहा है, जिसके लिए वो इतना समय निकाल रहा है, जिसके लिए वो कमा कर ला रहा है, वो उसके लिए कुछ करे, उसकी बात माने, उस जैसा थोड़ा सा सोचे।

मुकुल के माँ-बाप भी वैसे ही आम इंसानों में से एक थे। यहाँ मुकुल को इस 'आम' की परिभाषा का कोई अंदाजा नहीं था। मुकुल अपने माँ-बाप से नफ़रत और अपनी चाहतों से मोहब्बत तब करने लगा था, जब चिंतन उसकी दुनिया में आया था।

चिंतन और मुकुल स्कूल में दोस्त बने थे और करीब एक साल के अंदर उनकी वो दोस्ती-यारी काफी आगे बढ चुकी थी। वो साथ खेलते थे, पढते थे और काफी शैतानियाँ भी करते थे। चिंतन में एक खास बात थी, वो हर क्षेत्र में प्रथम आता था, या फिर यह भी कह सकते हैं कि वो किसी और को प्रथम आने नहीं देता था।

चिंतन की सबसे गहरी दोस्ती मुकुल के साथ थी और मुकुल किसी भी क्षेत्र में कुछ ज्यादा खास नहीं था। चिंतन अपने किस्से मुकुल को सुनाता रहता था, जैसे उसके माँ-बाप उसका बहुत ध्यान रखते है और उसको नई-नई चीजें भी लेकर देते है। मुकुल भी कहता था कि उसके माँ-बाप भी उसका बहुत ध्यान रखते है, लेकिन नई-नई चीज़े लेकर देने वाली बात पर वो चुप हो जाता था। यहाँ से शुरू हुई थी, मुकुल की परेशानियां।

चिंतन और मुकुल दोनों इतने समझदार अभी तक नहीं हुए थे कि वो यह समझ पाते कि उन दोनों के घरों पर ऐसा अलग-अलग व्यवहार क्यों होता है। यह समझदारी इतनी आसान नहीं है। आज भी जब हम अपने आप की तुलना किसी से करते है, तो ज्यादातर चीजों से तोलते है। सुकून,

ख़ुशी और शांति जैसे भाव वस्तुओं में नहीं पाये जाते हैं, क्योंकि वे शायद खरीदे नहीं जा सकते, सिर्फ़ महसूस किए जा सकते हैं। चिंतन और मुकुल की परेशानी या खुशी उनके माँ-बाप नहीं थे, उनकी नासमझ सोच थी।

अगर मुकुल की जिंदगी में चिंतन न आता तो शायद मुकुल के दिमाग में अपने माँ-बाप के लिए यह परेशानी पनपी न होती। यहाँ बात यह है कि एक तरफ दोस्त है और दूसरी तरफ उसका परिवार। अब सवाल यह था कि इस उम्र में इस घटना को नियंत्रण में कैसे रखा जाये?

नियंत्रण बनाना दुनिया का सबसे मुश्किल काम है। लेकिन विज्ञान की नजरों में अगर एक बार यह पता चल जाये कि किसी भी चीज़ का वो कौन सा हिस्सा है जो उस चीज़ को नियंत्रित में कर सकता है, तो जिंदगी कितनी सरल हो जाए। श्री कृष्ण ने गोवर्धन पर्वत पर नियंत्रण पाया था और उस नियंत्रण की वजह से उन्होंने पूरे गांव को तेज बरसात से बचाया था। बहुत धैर्य चाहिए होता है जिंदगी में कुछ ऐसे ख्याल ढूँढने में जो हमारे आस-पास की परिस्थिति को नियंत्रित में रख सके।

लेकिन मुकुल को नियंत्रण तो छोड़ो, यह भी नहीं पता था कि उसके दिमाग में डाला क्या जा रहा था। उसके दोस्त चिंतन को भी कोई अंदाज़ा नहीं था कि इन बातों से उसके बाक़ी दोस्तों पर क्या असर पड़ता था। यह उम्र बच्चों में कुछ नया सीखने और करने के लिए होती है। मुकुल वैसे ही चिंतन से काफी पीछे था और जो लोग मुकुल को सही दिशा दिखा सकते थे, यानी कि उसके माँ-बाप, उनके प्रति मुकुल की नफरत बढ़ती जा रही थी।

यहां पर एक ऐसी छुपी कहानी पना ले रही थी, जो हम शायद अपनी दुनिया में कभी ध्यान नहीं देते। मुकुल की दिक्कतें अब बढ़ती जा रही थी, उसको अब प्रथम नहीं आना था, उसे तो बस अपने दोस्त चिंतन की बराबरी करनी थी। उसे भी वो सब चीजें चाहिए थी जो उसके पास है, वो भी बिना कुछ मेहनत करे।

असल में बात यह थी कि चिंतन के माँ-बाप उसे वो चीजें खुश होकर लेकर देते होंगे क्योंकि वो प्रथम आया करता था और यह बात वो बताना

शायद भूल जाता था या जान बूझकर छुपा लेता था, मालूम नहीं। फिर जो चीजें उसको मिलती थी, वो सब दुनिया में दिखाए हुए विज्ञापनों से प्रेरित थी। उन चीजों से बच्चे अपना मनोरंजन तो कर सकते थे, मगर ज्यादा कुछ सीख नहीं पाते थे।

चलो चिंतन तो होशियार था तो कुछ न कुछ आगे कर लेगा, लेकिन मुकुल, उसको सही दिशा कौन देगा? उसके दिमाग में तो यही हैं कि उसके माँ-बाप उससे प्यार नहीं करते। अब उसे कौन समझाए प्यार का इन वस्तुओं से क्या लेना-देना।

बचपन से लेकर आज तक, अक्सर हमारे माँ-बाप यह चाहते है कि हमारे बच्चे खुश रहे, लेकिन वो अलग बात है कि वो साथ ही अपना 'स्टेटस' भी ऊपर रखना चाहते है। अगर माँ-बाप अपनी जिंदगी से खुश होंगे तो वैसे भी उन्हें कोई 'स्टेटस' की जरूरत नहीं पड़ेगी। मगर ऐसा बहुत कम होता है, हमारा परिवार हमेशा अपना 'स्टेटस' ऊपर रखना चाहेगा और बच्चों से कुछ-न-कुछ करवाता जायेगा। अगर उसका बच्चा वो करता जायेगा, तो उसके माँ-बाप उसकी कामनाएं पूरी करने की पूरी कोशिश करेंगे और चिंतन के माँ-बाप कुछ ऐसे ही थे। अगर चिंतन प्रथम नहीं आता, तो शायद उसको भी मुकुल जैसी साधारण जिंदगी से काम चलाना पड़ता।

मुकुल भी इसलिए परेशान था क्योंकि उसका 'स्टेटस' कुछ ज्यादा खास न था क्योंकि शायद उसके माँ-बाप के 'स्टेटस' को वो ऊपर नहीं उठा पा रहा था।

साल गुज़रे, मुकुल का गुस्सा और बड़ा। मुकुल के माँ-बाप ने उसे समझाने की बहुत कोशिश की। मगर वो मुकुल को यह नहीं समझाते थे कि हम यह लेकर नहीं दे सकते, बल्कि यह समझाते थे कि तुम्हे अभी इन चीजों की जरुरत नहीं है, और साथ में यह भी कहते थे कि अपने आपको पढ़ाई में अच्छा करो। मगर मुकुल के दिमाग़ में अब बैठ चुका था कि उसकी फिक्र किसी को नहीं है।

जब मुकुल 18 का हो गया, तब 'स्टेटस' बनाने की होड़ में उन दोस्तों के साथ रहने लगा जो उसको जिंदगी में 'स्टेटस' बढ़ाने के सपने दिखाते थे। चिंतन और मुकुल में अब खास दोस्ती नहीं रही थी। चिंतन का 'स्किल-सेट' इतना अच्छा हो चूका था कि वो कहीं पर भी जाता तो कुछ-न-कुछ काम ढूंढ ही लेता था, मगर न जाने अनजाने में अपने दोस्त मुकुल को गलत दिशा दिखा गया।

एक तरफ़ मुकुल के नए दोस्त उसकी चाल-ढाल बदल रहे थे, तो दूसरी तरफ़ सोशल-मीडिया दुनिया के सोचने का तरीका बदल रहा था। सोशल-मीडिया की इस दुनिया में बहुत ऐश थी, अब लोग लोगो के साथ सोशल तो रहने लगे थे, मगर साथ में कम रहने लगे थे। दुनिया दारी की सारी खबरें बड़ी जल्दी मिल जाती थी और करीब 2009 में एक खबर तो ऐसी फैली, जिसने लोगो की आने वाली जिंदगी को धुँधला कर दिया।

"क्या साल 2012 इस दुनिया के लिए आख़िरी साल होगा?" यह खबर कितनी सच्ची थी, यह तो अब आपको पता ही है, मगर उस समय पर जब तक 2012 ख़त्म नहीं हुआ था, तब-तक लोगो के मन में एक संदेह बना रहता था। मन-ही-मन लोग जानते थे कि ऐसा नहीं हो सकता, कोई इतनी बड़ी भविष्यवाणी कैसे कर सकता है। मगर क्या करे, सोशल-मीडिया के ज़रिए लोगो ने काफ़ी कहानियाँ रच दी थी।

मुकुल कूल बनने के चक्कर में काफ़ी कुछ नया करने लगा था जिसमे से एक आदत नशा करने की थी। शुरुआत में वो कभी-कभार ही नशा किया करता था, मगर दोस्तों के साथ रहकर और सोशल-मीडिया पर 'स्टेटस' बढ़ाने के चक्कर में अब रोज़ करने लगा था।

मुकुल ने जैसे-तैसे अपनी आर्ट्स की डिग्री ख़त्म की थी। उसे कुछ खास काम भी नहीं आता था। उसके पास कोई नौकरी भी नहीं थी। सिर्फ़ आवारा गर्दी छोड़कर, वो और कुछ करना भी नहीं चाहता था। उसके दोस्तों के बीच ऐसी बातें चलती रहती थी कि - "अब क्या ही करेंगे काम करके, बस दो ही महीने में दुनिया ख़त्म हो जाएगी, थोड़ा बहुत खर्च करलो पैसा, साथ लेकर थोड़ी जाना है।"

मुकुल को भी मौक़ा मिल जाता था अपने माँ-बाप से बदला लेने का। कुछ समय बाद मुकुल को कोई 'स्टेटस' नहीं चाहिए था, क्योंकि वह नशे में रहकर मानने लगा था कि दुनिया ख़त्म होने वाली है। दूसरी तरफ़ मुकुल के माँ-बाप को भी अब कोई 'स्टेटस' नहीं चाहिए था, क्योंकि अपने बेटे की ये हालत देखकर फ़िलहाल उन्हें अपना वह पुराना मुकुल सही-सलामत वापस चाहिए था।

अगले दिन जब मुकुल की नींद खुली तो उसने अपने मोबाइल पर सबसे पहले फेसबुक खोला जहाँ पर चिंतन ने एक तस्वीर डाल रखी थी और उसके नीचे लिखा था - "Selected for Google Internship, woohooo..."

मुकुल का नशा उत्तर चुका था, मगर यह देखकर वो फिर से नशे में डूब जाना चाहता था। फिर उसकी नज़र, दीवार पर टंगे कैलेंडर पर गई जिसे देखकर वो मुस्कुराया। फिर वो अपने आपको शीशे में देखकर बालों को बनाते हुए गाने लगा -

"हर पल यहाँ... जी भर जियो..."

"जो है समा... कल हो न हो..."

19 अक्टूबर 2012

ट्रेन नंबर '19321'

ट्रेन नंबर '19321' जोकि इंदौर से पटना जा रही थी, उससे काफ़ी अच्छे नज़ारे दिख रहे थे। खेतों में लगी रंग-बिरंगी फ़सलों को हवा ऐसे लहरा रही थी, जैसे समुद्र में लहरें उठ रही हों। ठंडी हवा धीरे-धीरे और ठंडी हो रही थी, जैसे 2016 का वह साल ठंडा हो रहा था और 2017 को बुला रहा था। आसमान तो ट्रेन के साथ ही पटना तक जाने वाला था। कुछ खास चीज़ें जो इंदौर से पटना जा रही थीं, वह थीं वीरा के मन में इंदौर की यादें।

वीरा का ध्यान न फ़सलों पर था, न उनकी लहरों पर, न ट्रेन की रफ़्तार पर और न ही आसमान के साथ चलने पर। उसके मन में न ठंडी हवाओं का कोई एहसास था, न साल के ख़त्म होने का। उसके मन में कुछ उलझने थी, कुछ सवाल थे और कुछ डर भी। और साथ ही चिंता की बात यह थी कि इंदौर से पटना जाने वाली ट्रेन में जिसमे वीरा सफ़र कर रही थी, उसमे भी कुछ ही लोग थे। वैसे आमतौर पर ट्रेनें हमेशा भरी रहती है, मगर उस दिन कुछ खास नहीं भारी हुई थी।

वीरा की टिकट 83 वेटिंग में थी, फिर भी उसकी सीट कन्फर्म हो गई थी। वीरा ने तो उम्मीद ही छोड़ दी थी की उसकी टिकट कन्फर्म होगी और वो वापिस ट्रेन से भी जा पाएगी। कभी-कभार दुनिया के कुछ 'तर्कहीन डर' (illogical fear) का फ़ायदा भी हो जाता है, जिसकी वजह से वीरा की टिकट कन्फर्म हो गई थी। न कोई रिश्वत देनी पढ़ी, न कोई पहचान निकालनी पड़ी, और न ही कोई लेडीज कोटा।

अब यह ऐसा कौन सा डर है जिससे यह सब हुआ उसको जानने से पहले हम दो साल पहले वाली वीरा से मिलते है, जो घर से बाहर निकलने से भी डरती थी। जो बड़ो से आँख मिलाने से भी डरती थी। जो सवालों का जवाब पता होते हुए भी नासमझी का ढोंग करती थी। पटना के एक छोटे से जिले में रहने वाली यह वीरा, अपने आप को कुछ भी नहीं समझती थी,

जब तक वह अपने आप से नहीं मिली थी। जब तक वो उस वीरा से नहीं मिली थी, जिसने उसकी तरह होकर भी अपनी नई ज़िंदगी की शुरुआत की थी। वो वीरा थी - 'वीरा त्रिपाठी', यानी 'आलिया भट्ट', जिसने 'वीरा' नाम से 'हाईवे' मूवी में किरदार निभाया था।

'वीरा त्रिपाठी' नाम का यह किरदार, 'हाईवे' फ़िल्म में किडनैप होकर भी बहुत खुश था और उसने अपने लिए एक नई दुनिया खोज ली थी। उस वीरा यानी 'आलिया भट्ट' के किरदार को यह असल जिंदगी वाली वीरा अपने से जोड़ने लगी थी। उसने वो मूवी चुपके से अपनी सहलियो के साथ मोबाइल पर डाउनलोड करके देखी थी। उसको वो मूवी इतनी पसंद आई थी कि कुछ ही महीनों में उसने वो तीन-चार बार और देख ली थी। उसकी दसवीं की परीक्षा सिर पर थी फिर भी उसने काफ़ी समय तक 'आलिया भट्ट' के उस किरदार को अपना बनाना चाह था।

उस किरदार की काफ़ी बातें वीरा से मिलती थी, जैसे आलिया भट्ट को बाहर अकेले घूमने की आज़ादी नहीं थी, वीरा को भी नहीं थी। जैसे आलिया भट्ट की शादी बस इसलिए करा दी जा रही थी कि उसकी उम्र हो गई थी, उसी तरह वीरा की भी शादी जल्द ही हो जाती। जैसे आलिया भट्ट अपने आपको थोड़ा सा आज़ाद देखना चाहती थी वैसे ही वीरा भी चाहती थी। कुल मिलाकर अब पटना की वो वीरा, आलिया भट्ट उर्फ़ 'वीरा त्रिपाठी' बन चुकी थी जो वैसी जिंदगी जीना चाहती थी।

उसने अखबारों से कुछ आलिया भट्ट के चित्र काटकर अपने कमरे में भी चिपका लिए थे, जिससे उसका हौसला बढ़ता रहता था। अनजाने में उसने यह फिल्म की कहानी अपनी माँ को भी सुना दी थी और जब उसकी माँ उस कमरे में आती थी जिसमे आलिया भट्ट के चित्र लगे हुए थे, तो उसकी माँ का डर बढ़ जाता था। जहाँ वो चित्र वीरा का हौसला बढ़ाते थे, वहीं उसकी माँ का डर बढ़ा देते थे।

कभी-कभार जब हम कुछ कहानियों से बार-बार वाकिफ होने लगते है, तो वो कहानियाँ हमे सच्ची लगने लगती है चाहे वो काल्पनिक ही क्यों न हो। ऐसा ही वीरा के साथ हुआ था।

दसवीं की परीक्षा ख़त्म होने के बाद, वीरा के पापा ने उसके लिए रिश्ते ढूंढना शुरू कर दिए थे। लड़कियाँ चाहे अच्छे अंकों से पास हों या बुरे, पटना जैसे छोटे जिलों में उससे कोई ख़ास फ़र्क़ नहीं पड़ता था। आख़िर में तो बस दहेज देकर बेटी को विदा कर देना ही जैसे नियति मान ली जाती थी।

एक दिन वीरा रात को अपनी माँ के साथ बैठकर यूंही बातें कर रही थी कि इतने में वीरा की माँ ने कहा - "अब तो तू परायी होने वाली है, तो अब कुछ दिन जी भरकर मौज कर ले यहाँ, ससुराल में मौज-मस्ती सब बंद हो जानी है तेरी।"

"मगर ऐसा क्यों? हम जैसे यहाँ रहते हैं, वैसे ही वहाँ क्यों नहीं रह सकते?"

"अरे बिटिया, शुभ-शुभ बोल, ससुराल वालो के वहाँ घूँघट करके रहना, और ऐसे सवाल मत पूछना, नाक कट जाएगी तेरे पापा की।"

"और हमारा क्या?"

"तेरे भले के लिए ही तो तेरी शादी करवा रहे है। अब तुमको अपनी आने वाली जिंदगी को ससुराल के नाम करनी होगी। अपने पति का ध्यान रखना, उनके घरवालों ध्यान का रखना, और वंश को आगे बढ़ाना, यही तो हम सबका कर्तव्य होता है।" माँ ने समझाते हुए कहा।

"लेकिन, हम यह सब नहीं करना चाहते..." अब शायद वीरा त्रिपाठी अंदर से बोल रही थी।

"देख बिटिया, हमारे पूर्वज सब ऐसा ही करते आए हैं। तेरी परदादी, तेरी दादी, मैं, सबने यही निभाया है। अब तुमरी बारी है।"

"मगर हम यह सब नहीं करना चाहते, कह दिया ना!" अंदर की वीरा त्रिपाठी इस बार ज़ोर से चिल्ला पड़ी और उसकी आवाज़ दूसरे कमरे में उसके पापा तक भी पहुँच गई और फिर वहाँ से आवाज़ आई -

"क्या चल रहा है वीरा, सो जाओ आराम से, बहुत रात हो गई है। और हाँ, कल लड़के वाले देखने आ रहे है, तो सुनलो वीरा की माँ ख़ान-पान में कुछ कमी नहीं रहनी चाहिए।"

वीरा की माँ दोनों तरफ़ से पिस रही थी, एक तरफ़ वीरा और दूसरी तरफ़ वीरा के पापा। माँ ने वीरा के गालों पर हाथ सहलाते हुए कहा - "बिटिया रानी, हम तुमसे विनती कर रहे हैं कि कल सबके सामने आराम से पेश आना। भूल से भी कोई गड़बड़ मत करना, तभी ज़िंदगी में खुश रह पाओगी।"

वीरा अपने बिस्तरे पर झटके से लेट गई और नाराज़ होकर माँ की और पीठ दिखाकर सोते हुए कहा - "हम कुछ नहीं जानते, मगर हम यह सब नहीं करना चाहते। हमें नहीं मालूम क्या करना है, क्या नहीं, लेकिन यह सब नहीं करना चाहते।"

अब माँ का वो डर और बढ़ा होता जा रहा था कि कहीं सच में वीरा कुछ फ़िल्मी कदम न उठा ले और कुछ गड़बड़ न कर दे। इस डर से माँ ने यह फैसला किया की वो वीरा के सोने के बाद बाहर से दरवाजा बंद कर देगी और तब तक नहीं खोलेगी जब तक लड़के वालो के आने का समय न हो जाये।

अगली सुबह सूरज तो पूर्व से ही निकला था, मगर वीरा के लिए यह सूरज शायद कहीं और से निकला था। जब वीरा सुबह उठी तो उसने अपने आपको कमरे में बंद पाया। शायद वीरा यह कदम उस दिन न उठाती, मगर उसकी माँ के डर ने उसको यह कदम उठाने पर मजबूर कर दिया। वीरा के अंदर की 'वीरा त्रिपाठी' जाग गई। माँ के इस फैसले से वीरा ये जान चुकी थी कि उसकी जिंदगी अब उसके हाथ में नहीं है। उसने फिर जल्दी-जल्दी अपने कपड़े इकट्ठा किए और एक चादर के अंदर बाँध लिए। वीरा यहाँ से जल्द से जल्द भागना चाहती थी। वीरा ने पूरी तैयारी करने के बाद कमरे से आवाज़ लगाना शुरू किया - "माँ, दरवाज़ा खोलो न, जल्दी! बाहर से कुंडी काहे लगा रखी है? हमें पेशाब जाना है, जल्दी खोलो माँ!"

"नहीं, अब ई दरवाज़ा बस तब खुलेगा, जब लड़के वाले आने वाले होंगे। हमके तोहरी कोई बात न सुननी।" - माँ ने बाहर से ही गुस्से से जवाब दिया।

"अरे माँ, कुछ नहीं बोल रहे हैं हम। बहुत तेज़ पेशाब लगी है, जाने दो न, जल्दी।"

"न अभी नहीं थोड़ी देर तक।" - और यह बोलकर उसकी माँ चली गई।

अब वीरा के दिमाग़ उसके क़ाबू में नहीं था। अब तो बस दरवाजा खुलने की देरी थी और उसके बाद वीरा यहाँ से बहुत दूर चले जाना चाहती थी।

कुछ देर बाद वीरा को दरवाजा खुलने की आवाज़ आई, वीरा ने सोचा हुआ था कि जैसे ही माँ अंदर आएगी वो चादर के कपड़ो वाले गट्ठर से माँ को धकेलकर, बहुत तेजी से यहाँ से भागकर कहीं-न-कहीं निकल जाएगी। जैसे ही दरवाजा खुला, वीरा ने गट्ठर उठाया और जो कोई दरवाज़े से अंदर आया उसने उसको उस गट्ठर से धकेला। जिसको उसने धकेला वो उसकी माँ नहीं थी। वीरा के मुंह से निकला - "पापा आप?"

"क्या रे पगली, बावली हो गई है?" - और वीरा का हाथ उसके पापा ने कस के पकड़ लिया - "कहा भाग रही?"

"पापा, हमको छोड़ दीजिए, जाने दीजिए हमको।" - वीरा चिल्लाने लगी। इतने में पापा ने उसके गाल पर एक तमाचा रख दिया। उसके बाद वो रोते-रोते चिल्लाने लगी - "पापा, हमको जाने दीजिए। हम आपसे विनती करते हैं, जाने दीजिए न... प्लीज़।"

"यह देख वीरा की माँ तेरी बिटिया बावरी हो रही है, तू कमरे के अंदर ही बंद सही थी।" - और यह कहते-कहते एक और तमाचा लगा दिया और वीरा और गिड़गिड़ाने लगी।

यह सब देखते-देखते माँ फिर वीरा को छुड़ाने आई - "आप ऐसे मत मारिए न, हम समझा देंगे इसे। अभी मान जाएगी, आप बाहर जाकर बैठिए।"

माँ यह बात समझा ही रही थी कि वीरा ने अपने दायें हाथ से गट्ठर को बाहे हाँथ में लिया और अपने पापा के मुंह पर बहुत तेजी से घुमा कर मारा। वो गट्ठर पापा की नाक पर इतनी ज़ोर से लगा की अब वो नाक संभालते-

संभालते ज़मीन पर जा गिरे। उसके बाद उसने अपनी माँ को थोड़ा सा धक्का देकर पीछे हटाया और कहा -

"माँ, हम अब यहाँ और नहीं रह सकते। माफ़ कर दीजिए, हम यहाँ से जा रहे हैं।" - वो यह कहकर वीरा बहुत तेजी से घर से बाहर कहाँ भागी उसकी माँ भी नहीं समझ पायी और उसके पापा चिल्लाते रह गए।

जैसे-तैसे वीरा अपनी एक सहली को लेकर उसके घर के पीछे पहुँची। यह वही सहेली थी जिसने अपने फ़ोन पर उसे 'हाईवे' फ़िल्म दिखाई थी। वीरा ने उसे सब कुछ बता दिया। पहले तो उसकी सहेली ने कहा कि वो वापिस अपने घर चली जाये, मगर अब वो अपनी आँखों से 'वीरा' नहीं 'वीरा त्रिपाठी' को देख रही थी। शायद वो तो यह कदम कभी ज़िंदगी में न उठा पाये, मगर वीरा के लिए उसके पास जितना भी कुछ था, जैसे फ़ोन, कुछ पैसे और कुछ खाने-पीने का समान सब पकड़ा के उसे अलविदा कर दिया।

पटना के उस छोटे से जिले में हड़बड़ी मच गई थी कि एक लड़की घर छोड़कर पता नहीं कहा भाग गई है। लोगो ने बहुत सी बातें बनाना शुरू कर दिया था। वीरा के पापा का सारा गुस्सा वीरा की माँ पर उतर रहा था। उनके घर की इज़्ज़त उनके मुंह पर तमाचा मार कर भाग गई, ऐसी खबर पूरे जिले में फैल चुकी थी और वीरा उसी दिन पटना से कहीं गायब हो गई थी।

जैसे आज वीरा इंदौर की ट्रेन से पटना बड़ी आसानी से वापिस आ रही है, उस दिन वो पटना से इंदौर इतनी आसानी से नहीं पहुँची थी, वो तो बस किसी भी बस की टिकट लेकर बैठ गई थी। फिर उस बस के लास्ट स्टॉप से फिर से टिकट लेकर किसी और बस में, और ऐसे करते-करते करीब तीन दिन और 1200 किमी. के सफ़र के बाद वो पहुँची थी, इंदौर शहर, अपने शहर से काफ़ी दूर। यहाँ न वीरा को कोई जानता था, न ही कोई जानता था वीरा के अंदर की 'वीरा त्रिपाठी' को।

वीरा का दसवीं का रिजल्ट आने वाला था और कुछ जरूरी डॉक्यूमेंटस वो अपने साथ लेकर आई थी। अब वो आज़ाद तो थी मगर, गुम सी थी।

उसके पैसे जो उसने माँ की छुपाई हुई जगह से उठाए थे, वो भी कुछ ही दिन चलने वाले थे, तो उसको काम की जरूरत भी थी।

कई दरवाज़े खटखटाने के बाद, उसे एक छोटे से रेस्टोरेंट में वेटर की नौकरी मिल गई। तनखाह इतनी ज़्यादा नहीं थी, मगर खाना-पीना हो जाता था। रेस्टोरेंट से छुट्टी मिलने पर वो इंदौर शहर की अलग-अलग जगह घूमती थी। वीरा को आगे पढ़ने का भी बहुत मन था, तो साथ-साथ उसके लिए भी पैसे जमा करती रहती थी। इंदौर के जिस रेस्टोरेंट में वो काम कर रही थी, वहाँ की मालकिन, प्रेरणा आंटी, उससे बहुत खुश थी, क्योंकि वीरा ने उन्हें अपनी पटना से भाग जाने की सारी कहानी बता दी थी।

इंदौर शहर लड़कियों को घर के अंदर बंद नहीं रखता था। डिग्री करने तक का मौक़ा देता था। आज़ादी से जिंदगी को आज़माने का मौक़ा देता था। ऐसा ही एक मौक़ा, वीरा को प्रेरणा आंटी ने दिया था। दसवीं के रिजल्ट में वीरा पास हो गई थी और वो आगे पढ़ना चाहती थी। प्रेरणा आंटी ने उसको कुछ डिप्लोमा के कोर्स बताए और बहुत से प्रस्ताव भी रखें । प्रेरणा आंटी ने उसे 'इंटीरियर डिजाइनिंग' में DAVV का डिप्लोमा करने को कहा। साथ ही यह भी समझाया कि डिप्लोमा करते-करते वह इसी रेस्टोरेंट का 'इंटीरियर डिजाइन' भी कर सकती है। फीस प्रेरणा आंटी ही दे देंगी। और कुछ पैसे वीरा को वेटर का काम करते हुए मिल ही जाते थे।

वीरा ने प्रेरणा आंटी के प्रस्ताव को स्वीकार कर लिया था और साथ में यह भी ठान ली थी कि जो भी वो उस कोर्स से सीखेगी, उसकी मदद से वो प्रेरणा आंटी के रेस्टाँरेंट को और अच्छा बनाने की पूरी कोशिश करेगी।

अब प्रेरणा आंटी ही इंदौर में उसकी गार्डियन थी और डिप्लोमा करते हुए साक्षी नाम की एक लड़की उसकी सबसे खास दोस्त बन गई थी। साक्षी को भी वीरा की कहानी से बहुत कुछ सीखने को मिलता था। साक्षी चाहे बचपन से आज़ाद घूमी हो, मगर जो आज़ादी की लड़ाई वीरा ने अपने लिए लड़ी थी वो उससे काफ़ी प्रभावित थी। वो वीरा को हमेशा कहती थी - "I want to be like you, fearless."

और वीरा इस बात का उसे हमेशा एक ही जवाब देती थी, या फिर कह लीजिए एक गाना गुनगुनाती थी -

"माहि वे... माहि वे..."

"मेरी हर बात में साथ तू है..."

"माहि वे... माहि वे..."

"मेरे सारे हालात तू... माहि वे... ओ माहि वे... ओ..."

फिर कुछ समय बाद वीरा और साक्षी, दोनों मिलकर प्रेरणा आंटी का रेस्टोरेंट और बेहतर बनाने में हाथ बँटाने लगे। प्रेरणा आंटी भी एक आज़ाद जीने वाली महिलाओ में से एक थी और आज़ाद जीने वाले ही लोग शायद असली आज़ादी का मतलब समझ पाते है। प्रेरणा आंटी अपने आपको वीरा और साक्षी के अंदर महसूस करती थी और यह तीनो मिलकर अपनी कड़ी मेहनत से उस रेस्टोरेंट को करीब एक साल में बहुत आगे लेकर आ चुके थे।

एक दिन वीरा, साक्षी और प्रेरणा आंटी बालकनी में बैठकर मस्ती कर रहे थे कि साक्षी ने एक गंभीर सवाल वीरा से पूछ लिया, वैसे तो यह सवाल वो हमेशा वीरा से पूछा करती थी, मगर प्रेरणा आंटी के सामने पहली बार पूछा था - "यार वीरा ये बता, तुझे तेरे घर की याद नहीं आती, मम्मी-पापा की याद नहीं आती?"

"यार तुम फिर वही घूम फिर के पहुँच गए, सब ठीक तो चल रहा है।" वीरा ने परेशान होते हुए कहा।

"नहीं वीरा, साक्षी से मैं भी agree करती हूँ। तुम जब से इंदौर आई हो तुमने अपनी माँ से बात तक नहीं की, यह जानने तक की कोशिश नहीं की कि वो किस हालत में है?" प्रेरणा आंटी ने उससे थोड़ा गंभीर होकर पूछा।

"मगर हमको उनसे कोई बात नहीं करनी। वो हमारी शादी कहीं भी कर देते, और आज हम अपने ससुराल में बस घूँघट काढ़े बैठी रहती और ना ही आप दोनों से मिल पाते।" वीरा ने एक साँस में बोलकर बात ख़त्म करने की कोशिश की।

फिर साक्षी ने उसे कहा - "चल कोइना तो एक काम कर, कल मेरे घर चल मेरी माँ से मिल लेना, वो तेरे बारे में पूछती रहती है।"

"हाँ, यह सही कहा साक्षी ने, जा इसकी माँ से मिल आ।" प्रेरणा आंटी ने भी सहमती दी।

वीरा जानती थी कि यह इन दोनों की चाल है, और वो काफ़ी बार साक्षी के घर जाने से इनकार कर चुकी थी, पर अबकी बार प्रेरणा आंटी के कहने पर वो मना नहीं कर पायी।

अगले दिन हिम्मत करके वीरा साक्षी के घर पर पहुँची तो साक्षी की माँ ने वीरा का बड़े प्यार से स्वागत किया। उसके लिए बहुत से अलग-अलग पकवान भी बनाये और फिर दोनों के बीच खूब सारी बातें भी हुई। वीरा को ऐसा लग ही नहीं रहा था कि वो किसी पराये घर में आई है, पर जब साक्षी के पापा वहाँ आए तो उनके बर्ताव से वीरा को ऐसा लगा की हाँ साक्षी के घर में कुछ तो अलग है, जो उसके घर पर नहीं था।

साक्षी के पापा उसकी काफ़ी बातों में साथ देते थे, वहीं वीरा के घर पर ऐसा कुछ भी नहीं था। शायद वीरा साक्षी की माँ में अपनी माँ तो देख पायी, मगर उसके पापा में अपने पापा की एक भी झलक न देख पायी।

उस रात जब वीरा अपने कमरे में पहुँची तो अपने आँसुओं को रोक नहीं पायी। उसे अपनी माँ की बहुत याद आ रही थी। वो तकिये से अपनी आवाज़ दबाकर खुद को शांत करने की कोशिश कर रही थी। उस रात माँ को याद करते-करते वीरा को काफ़ी देर से नींद आई। यहाँ इंदौर में वीरा को नींद आई ही थी कि 'पुखरायां स्टेशन' के पास, इंदौर से पटना जानी वाली ट्रेन पटरी से उतर गई थी और करीब कुछ ही पलो में 150 से ज़्यादा लोगों ने अपनी जान गवा दी और बहुत से लोग बहुत बुरी तरीके से घायल हो गए।

अगली सुबह यह घटना पूरे देश में बढ़ी तेजी से फेल गई। मीडिया वालो को कुछ दिनों के लिए एक नया काम मिल गया था। मीडिया वाले इस घटना के बारे में अलग-अलग तरीके से जानकारी दे रहे थे। कोई

सरकार को दोषी ठहरा रहा था, कोई ट्रेन कैसे पटरी से उतरी वो दिखा रहा था, कोई मरे हुए लोगो के परिवार वालो से बात-चीत कर रहा था।

वही दूसरी तरफ़ वीरा को इन सब चीज़ो से कुछ मतलब नहीं था, वो अपनी माँ से बस एक बार बात करना चाहती थी और घर पर फ़ोन लगाने की कोशिश कर रही थी, लेकिन न जाने क्यों कोई फ़ोन उठा नहीं रहा था। वीरा को और कोई भी फ़ोन नंबर याद नहीं था। जिस सहेली का वो फ़ोन लेकर आई थी, उसको भी वो फोन नहीं कर पा रही थी।

प्रेरणा आंटी भी कोशिश कर रही थी कैसे भी करके, वीरा की बात उसकी माँ से हो जाये। करीब चार-पाँच दिन ऐसे ही चले गए और फिर एक फ़ोन वीरा के फ़ोन पर आया, और फ़ोन के दूसरी तरफ़ से बहुत दबी-दबी सी आवाज़ आई - "हेलो, इस नंबर से हमारे नंबर पर कई बार कॉल आया था। क्या बात है?"

"हेलो, आप वीरा के घर से बोल रहे है?" वीरा ने पक्का किया।

"जी हाँ, हम उसके पिता बोल रहे हैं। आप कौन?"

करीब चंद समय के सन्नाटे के बाद वीरा ने चुप्पी तोड़ते हुए कहा - "पापा, हम वीरा बोल रहे हैं, इंदौर से। कैसे हैं आप? घर पर सब ठीक है? माँ कैसी हैं? भैया कैसे हैं?" वीरा ने इतना बोला ही था की इतने में आगे से फ़ोन कट हो गया।

प्रेरणा आंटी वीरा के बगल में ही बैठी थी, वीरा की आँखों में आँसू थे, साथ में चेहरे पर गुस्सा भी था।

"देखा न, आंटी? हमारा नाम सुनते ही फ़ोन काट दिए। इसलिए हम अपने घरवालों से बात नहीं करना चाहते। माँ से भी बात नहीं करवाए।" और फिर वीरा वहाँ से उठकर, रेस्टॉरेंट छोड़ कर जिद्द में कहीं निकल गई। आंटी ने उसे नहीं रोका, क्योंकि उन्हें विश्वास था कि वो वापिस आ जाएगी।

इतने में फिर से फ़ोन बजा, जोकि वीरा के घर से ही था और वीरा फ़ोन साथ नहीं ले गई थी। आंटी ने फ़ोन उठाकर बात की। वीरा फिर करीब

तीन घंटे बाद रेस्टॉरेंट वापिस आई, आंटी गेट पर उसका बेसब्री से इंतज़ार कर रही थी।

"कहाँ थी तुम अभी तक, फ़ोन भी नहीं ले गई थी, तुम्हारे घर से फिरसे फ़ोन आया था, तुम्हारे भाई का था।"

"भैया का फ़ोन... मतलब पापा ने भैया को फ़ोन थमा दिया, ताकि ख़ुद बात न करनी पड़े। वाह, कैसे पापा हैं हमारे..." - वीरा इतना बोल ही रही थी की, आंटी ने उसे चुप कराया और कहा - "सुन तो लो पूरी बात, भाई ने फ़ोन इसलिए किया, क्योंकि तुम्हारे पापा तुमसे बात करने की हालत में नहीं थे, वो बहुत ही परेशान है।" प्रेरणा आंटी आगे की बात बताने से पहले थोड़ा सा घबराई हुई थी, मगर कहना तो था ही, उसने वीरा के हाथों को पकड़ते हुए कहा - "तुम्हारी माँ को करीब एक साल पहले कैंसर निकला था, वो हस्पताल में अपनी जिंदगी से लड़ रही है।"

यह सुनते ही वीरा काँपने लगी, उसकी आँखों से आँसू आने लगे, उसके मुंह से ज़्यादा कुछ नहीं निकल पाया, सिर्फ़ उसने यह कहा - "हमको माँ के पास जाना है, अभी के अभी।"

जैसे-तैसे प्रेरणा आंटी ने उसकी इंदौर से पटना ट्रेन की टिकट कराई, जोकि 83 वेटिंग में थी, लेकिन आंटी ने उससे कहा की वो फ़िकर न करे। कोई भी दिक्क़त हो तो आंटी की बात करा देना टीसी से, वो संभाल लेगी।

अगले ही दिन वीरा को स्टेशन पर जब प्रेरणा आंटी और साक्षी छोड़ने गए तब पता चला की ट्रेन की टिकट कन्फर्म हो गई थी। अब वीरा आराम से बैठकर पटना पहुँच सकती थी। कुछ ही देर बाद ट्रेन रवाना हुई।

वीरा के बगल में बैठे कुछ यात्री बातें कर रहे थे कि उन्हें थोड़ा डर है इस ट्रेन में बैठने का क्योंकि यही ट्रेन एक हफ़्ता पहले ट्रैक से उतर गई थी। मगर, वीरा का ध्यान सिर्फ़ उसकी माँ से मिलने के इंतज़ार में कहीं डूबा हुआ था। जहाँ पर लोगो ने मीडिया और न्यूज़ वालो के 'illogical fear' से डर कर, ट्रेन की टिकट कैंसिल करा ली थी, दूसरी तरफ़ वीरा का डर उससे भी बड़ा था कि वो अपनी माँ से मिल पाएगी या नहीं।

क्या कमाल है ना, जिन कहानियों को लोग सबसे करीब से अपना बना लेते है, वही कभी-कभार उनका हौसला बढ़ा देती है और वही कभी-कभार उनके अंदर डर भी बिठा देती है। वीरा के लिए वो घटना 'हाईवे' फ़िल्म की कहानी थी और यात्रियो के लिए वो घटना 'इंदौर से पटना' की ट्रेन का सफ़र था।

वीरा पटना सही सलामत पहुँच गई और उसने पाया की पटना की उन गलियों में ज़्यादा कुछ खास बदलाव नहीं था। लेकिन वीरा अब वीरा नहीं रही थी, उसके अंदर 'वीरा त्रिपाठी' भी थी। वो सीधा माँ से मिलने हस्पताल पहुँची, जहाँ उसका पूरा परिवार था, और उनमें से शायद कोई उससे बात नहीं करना चाहता था। इतने में उसका भाई आया और उसको गले लगा लिया। पीछे ही उसके पापा भी खड़े थे, जिनमें बात करने की हिम्मत बिल्कुल नहीं थी। पापा की यह हालत देख कर वीरा समझ गई थी कि उन्होंने फ़ोन क्यों काट दिया होगा।

वीरा ने पापा को भी गले लगा लिया और कुछ देर तक लगाये रखा। उसके बाद वो तीनों माँ के कमरे की ओर बढ़े, माँ को अभी भी थोड़ा होश था। डॉक्टरों ने कह दिया था कि अब ज़्यादा समय नहीं है। वीरा अपनी माँ के पास आकर और उनका हाथ पकड़ कर बैठ गई। माँ ने आँखें खोली तो वीरा को देखकर बहुत खुश हुई और साथ ही ख़ुशी के आँसू भी टपके। माँ ख़ुशी से नाच तो नहीं सकती थी, मगर उन्होंने सिर्फ़ तीन शब्द बोलकर अपनी ख़ुशी जाहिर की - "हमारी वीरा त्रिपाठी..."

Article 21

रविवार, Sunday, एक ऐसा दिन, जिसका लगभग सभी लोगो को बेसब्री से इंतज़ार रहता है। न जाने रविवार में ऐसा क्या जादू है कि वो लोगो के दिन को बहुत ही महत्वपूर्ण बना देता है। किसी भी तारिक के आगे बस रविवार लिख दिया जाये तो वो तारिक लोगो को अच्छी लगने लगती है। रविवार का दिन ज्यादातर छुट्टी का दिन होता है। पूरा हफ़्ता काम करने के बाद रविवार ही एक ऐसा दिन है, जिसमे लोग पिछले हफ़्ते की थकान उतारते है और अगले हफ़्ते के लिए अपने आपको तैयार करते है।

लेकिन कुछ लोगो की छुट्टी रविवार के दिन भी नहीं होती और शायद ये वो लोग होते है जिन्हें शायद या तो छुट्टियों से भी ज़्यादा अपना काम बहुत पसंद होता है, या फिर ये लोग व्यापार करते है यानी 'सेल्फ-एम्प्लॉयड' होते है। भारत देश में 'सेल्फ-एम्प्लॉयमेंट' धीरे-धीरे बढ़ रहा था और करीब साल 2017 में OLA, Uber जैसी कंपनियों ने प्राइवेट टैक्सी को बहुत बढ़ोतरी दी थी। जिन लोगो के पास गाड़ी लेने की क्षमता है, वो अब रजिस्ट्रेशन करवा कर अपनी गाड़ी को टैक्सी में बदल सकते थे और अगर उन्हें ड्राइविंग आती है तो सिर्फ़ मोबाइल के ज़रिए उनको बड़े शहरों में काफ़ी आराम से ग्राहक मिल सकते थे।

अब किसी टैक्सी वाले को ग्राहक का इंतज़ार नहीं करना पढ़ता था, बल्कि ग्राहक ख़ुद टैक्सी के लिए खोज करता था। इस नए तरीके के प्रोफेशन में काफ़ी लोग जिनके पास कुछ खास शिक्षा नहीं हुआ करती थी, मगर गाड़ी चलाना आता था, वो उन लोगो से ज़्यादा कमाने लगे थे जो कभी-कभी इंजीनियरिंग करके नौकरी करने वाले भी नहीं कमा पाते थे।

Uber टैक्सी भारत देश में एक नया 'सेल्फ-एम्प्लॉयड' का फैशन लेकर आई थी और इस 'सेल्फ-एम्प्लॉयड' वाली नौकरी में सुरेश रविवार को छुट्टी नहीं लिया करता था। लेकिन जब उसकी कुछ परेशानियों में उसकी

पत्नी कमला ने उसका साथ दिया तो वो भी अब रविवार को 'हॉलिडे' लेने लगा था।

सुरेश, अपनी बीवी कमला के साथ, एक रविवार, श्याम करीब 5 बजे पार्क में टहल रहा था और उनके तीनो बच्चे यानी दो लड़कियां और एक लड़का, जोरों से पार्क में धूम मचा रहे थे। कमला, सुरेश से काफी समय से एक सवाल का जवाब जानना चाहती थी, मगर जिंदगी की भागदौड़ और मन में शंका होने की वजह से नहीं पूछ पाती थी। मगर आज का दिन थोड़ा आराम से गुजर रहा था तो कमला ने बातों ही बातों में पूछ लिया - "तुम मेरे लिए अपने माँ-बाप से झूठ क्यों बोल रहे हो? मैं जानती हूँ, तुम मेरी कदर करते हो मगर घर वालो से ऐसे झूठ बोलकर घर से बाहर निकलना मुझे कुछ ठीक नहीं लगता और साथ ही रिश्तों में तनाव आने का डर बना रहता है।"

"0210, शायद, यही वो OTP था, जब मैं उस यात्री से मिला था, जिसने मुझसे यह कहा था कि - "यार, तुम्हारी बीवी ने बी. ए. हिस्ट्री की हुई है, तो तुम उसको कोई नौकरी क्यों नहीं करने देते?" - सुरेश ने आसमान की तरफ़ देखते हुए, जैसे कुछ याद कर रहा हो, अपनी बात रखी।

"अच्छा तो आपको अब तक OTP याद है, ऐसा कैसे?"

"अरे पगली, इस OTP से ही तो सारी कहानी जुड़ी हुई है।" यह बताते-बताते, फिर सुरेश बीते कुछ महीने की कहानी में खो गया।

सुरेश ने उस यात्री से कहा कि - "चाहता तो वो भी है कि उसकी बीवी कुछ काम करके खुद से थोड़ा पैसे कमाए मगर, उसके पापा जी उसको माफ नहीं करेंगे, अगर उसने बहु को बाहर का काम करने के लिए कहा तो।"

सुरेश के पिता जी उसको धमकाते रहते थे कि यदि कुछ ऐसा सोचा भी तो उनसे बुरा कोई नहीं होगा। वो घर की महिलाओं को बाहर काम पर जाता नहीं देख सकते थे। सुरेश ने खुद सिर्फ बारहवीं कक्षा पास की थी। लेकिन कमला के साथ शादी हो जाने के बावजूद उसके ससुराल वालो ने

कमला की पढाई पूरी होने दी, यानी कमला सुरेश से ज्यादा पढ़ी-लिखी थी।

यह सब जानने के बाद सुरेश और उस अजनबी यात्री के बीच एक सन्नाटा सा छा गया और वो यात्री फ़ोन में मैसेज पढ़ने लगा, तभी उसे वो OTP दिखा जो उसने सुरेश की कैब में बैठने से पहले उसे दिया था, जोकि था - '0210'

उस OTP से यात्री को 'आर्टिकल 21' के बारे में याद आया और उसने सुरेश को उसके बारे में बताया जिसमे लिखा है कि - "किसी भी व्यक्ति को उसके जीवन और उसकी आजादी से दूर नहीं किया जा सकता, सिवाय कानून द्वारा निर्धारित प्रक्रिया के। यह हर नागरिक को जीने और सम्मान से जीवन बिताने का अधिकार देता है।" सुरेश कैब चलाते हुए यह सब सुनता गया, जिसमे उसे मजा तो आया सुनने में, मगर पापा जी का डर भी आँखों के सामने आया। वो अजनबी यात्री कुछ देर बाद पूरा अजनबी हो गया लेकिन सुरेश के दिमाग में दो शब्द छोड़ गया - "आर्टिकल 21"

सुरेश का घर कुछ ज़्यादा बड़ा नहीं था, एक कमरा, एक हॉल, छोटी सी रसोई, एक बाथरूम, एक गुसलखाना, घर के आगे छोटा सा आंगन और उसके माँ-बाप, बीवी और तीन बच्चे। कभी-कभी घर छोटा होते हुए भी पूरा लगता है, पर न जाने क्यों वह छोटा सा घर कभी-कभी लोगों की सोच को भी बड़ा नहीं होने देता।

उस दिन सुरेश जब घर पहुंचा, तो उसने कमला से 'आर्टिकल 21' के बारे में गूगल करने को कहा। कमला थोड़ा बहुत तो इसके बारे में पहले से जानती थी, मगर जब कोई इंसान किसी चीज पर गौर करने को कहता है, तो उसमे कुछ नया दिखने लगता है। बस फिर उस रात कमला और सुरेश ने 'आर्टिकल 21' के बारे में खूब बातें की और जाना कि भारतीय नागरिक होने के नाते, कमला का भी हक बनता है कि वो एक आजाद जिंदगी जीए और खुद अपने लिए कुछ करे।

सुरेश थोड़ा घबराया हुआ था क्योंकि उसने ठान ली थी कि कमला के लिए कुछ करेगा, पर कैसे यह उसे अंदाजा नहीं था। फिर एक रात, जब

सुरेश का पूरा परिवार साथ बैठकर खाना खा रहा था, तब सुरेश ने पापा जी से पूछा - “पापा जी एक बात बताइये, जब हम सब छोटे थे तब आप मम्मी जी को कहीं घुमाने ले जाते थे, हमे सब घर छोड़कर, ताकि माँ को थोड़ा घर से निकलने का मौका मिल सके।”

“उसकी कोई जरुरत ही न पढ़ी कभी, तुम्हारी माँ घर गृहस्थी में खुश थी।” पापा जी ने सुरेश की माँ की तरफ इशारा करते हुए कहा, जो उस समय दाल परोस रही थी - “चाहे तो पूछलो।”

“हाँ, कभी जरुरत ही न पढ़ी।”- सुरेश की माँ ने मुस्कुराकर कहा। पर सुरेश देख पा रहा था कि उस मुस्कान के पीछे एक ऐसा डर था, जो हमेशा उसके मन में भी रहता था। इतने में पापा जी ने कहा - “लेकिन अब जमाना बदल गया है, बिटवा, अब तो खुले-आम लोग हाथ पे हाथ धरे घूमते है, कोई संस्कार नाम की चीज ही ना है।”

सुरेश के दिमाग में पापा जी के खिलाफ एक विद्रोह दौड़ रहा था और सुरेश मन ही मन में कह रहा था कि जमाना संस्कार जाने या न जाने मगर ‘आर्टिकल 21’ के तहत उन्हें यह आजादी है की वो यह सब कर सकते है। लेकिन पापा जी के आगे बोलने की हिम्मत कहाँ, तो उसने घुमा-फिराकर बात की - “अब क्या ही कर सकते है पापा जी, मगर मैं सिर्फ इसलिए पूछ रहा था कि कमला काफी समय से घर पर ही बच्चो की देखभाल में दिन गुजार देती है, तो कहीं एक-दो घंटे के लिए ही सही उसे बच्चो के बिना कहीं बाहर ले जाया करूँ?”

यह सुनकर पापा जी ने सुरेश को ऐसे देखा, जैसे उसने उसके मरने से पहले पूरी जायदाद मांग ली हो, वो कुछ कहते, इतने में कमला ने बेमन से मना कर दिया। यह देखकर पापा जी की अकड़ फिर लौट आई, पर सुरेश अब नहीं मानने वाला था क्योंकि उसके दिमाग में बार-बार ‘आर्टिकल 21’ आ जाता था। तब उसने फिर से एक बार शांत स्वभाव से पूछा - “आप, कमला की मत सुनिए, मैं आप से पूछ रहा हूँ, बस दिन के एक-दो घंटे की तो बात है ले जाया करूँ?”

“फिर बच्चो का ध्यान कौन रखेगा?” पापा जी ने पूछा।

"पोता-पोती को मैं देख लूंगी, एक-दो घंटे की तो बात है।" सुरेश की माँ ने बीच में अपनी बात रखी, क्योंकि शायद उनको यह अहसास हुआ कि कभी वो तो यह कदम उठा नहीं पायी, और जब उसका बेटा बहु के लिए यह कदम उठा रहा है, तो क्यों न कुछ जिम्मेदारी वो भी ले।

अब घर के सब एक तरफ थे और पापा जी एक तरफ, तो उन्हें हार माननी पढ़ी और कहा - "करो अपनी मनमानी, क्या ही कहूँ मैं भी, संस्कार तो रखने नहीं है ना तुम लोगो को।" और खाना पूरा न खाकर उठकर वहाँ से चले गए। उनके जाने के बाद सब थोड़ा-थोड़ा मुस्कुराए, और सुरेश–कमला की इस जोड़ी ने पहला पड़ाव पार किया।

सुरेश के कैब ड्राइवर वाला धंधा या फिर कह लीजिए 'सेल्फ-एम्प्लॉयड' वाली नौकरी बाक़ी नौकरियों की तरह तो है नहीं की 8-9 घंटे बैठे, चाहे काम हो या न हो, पैसे पूरे मिलेंगे, यहाँ तो घंटे-घंटे का हिसाब रखना पढता है, 1 घंटे का करीब 100-150 रुपया होता था, तो सुरेश के इस फैसले से दिन का 200-300 रुपया का नुक्सान होने लगा, मगर वो अपने आप को फिलहाल मना लेता था क्योंकि बिना सुरेश के पापा जी, बहु का घर से निकलने पर बुरा मानते थे। यह सब नुक्सान कमला भी जानती थी इसलिए वो अपने आप को गुनहगार मानती थी। इस पर सुरेश कहता था कि यह वक्त रोने-धोने का नहीं, आजादी महसूस करने का है।

फिर कुछ हफ्तों तक, सुरेश और कमला ने कभी आस-पास की जगहों पर कुछ वक्त गुजारा। एक-दूसरे को और अच्छे से जानने लगे और उसी के साथ-साथ जिंदगी में आगे क्या किया जाये वो तय करने लगे। मगर सबसे खास बात उन्होंने मिलकर यह तय की, कि कमला को पढ़ाना शुरू करना चाहिए। यह तय होने के बाद, सुरेश ने आस-पास के इलाकों से पूछताछ करना शुरू की। इधर कमला घबराई हुई थी की वो घरवालों को कैसे बताएगी की वो पढ़ाना चाहती है।

करीब एक महीने बाद सुरेश को एक ट्यूशन सेंटर मिला जिसमे एक हिस्ट्री के टीचर की जरुरत थी। जैसे-तैसे उन्होंने उन ट्यूशन सेंटर वालो से बात की और यह बताया कि कमला सिर्फ दिन का एक घंटा ही दे पाएगी

(क्योंकि कमला को सिर्फ़ दो घंटे ही मिलते थे, बाहर निकलने के लिए) और वो भी श्याम 5 बजे के आस पास। ट्यूशन सेंटर वालो ने उनकी शर्ते मंजूर नहीं की और मना कर दिया। इसी के चलते सुरेश और कमला एक बार फिर से कहीं गुम हो गए।

कुछ दिनों बाद कमला का बाहर निकलने से मन भरने लगा और अब वो रोज बाहर घूमने नहीं जाया करती थी। सुरेश को भी कमला के साथ वक्त बिताने की आदत हो गई थी, और वह इस बात से नाखुश था कि कमला अब रोज़ बाहर निकलना पसंद नहीं करती। दूसरी तरफ़ यह देख कर पापा जी फिरसे संतुष्ट रहने लगे। कभी-कभी जिंदगी में जब कुछ करने की वजह नहीं मिल पाती, तब आजादी भी फीकी सी लगने लगती है।

लेकिन फिर एक दिन सुरेश को ट्यूशन सेंटर से फोन आया और कहा उन्हें 'अर्जेंट' हिस्ट्री टीचर की जरुरत है और वो उनकी शर्तों को मंजूर करते है, पर तनख्वाह थोड़ी कम देंगे। फिलहाल सुरेश को तनख्वाह कम होने का कोई दुःख नहीं था, उसको इस बात की खुशी ज्यादा थी कि कमला को एक मौका मिलने वाला था।

कमला बहुत ही घबराई हुई थी, इसलिए नहीं कि वह अजनबी बच्चों को पढ़ाने वाली थी, बल्कि इसलिए क्योंकि सुरेश ने उसे घर पर कुछ भी बताने से मना किया था। उनके घर वालो को बस यह पता था कि सुरेश और कमला थोड़ा टाइम दिन में थोड़ी आजादी ढूंढने जाते है। उन्होंने फिर से रोज जाना शुरू किया और पापा जी का मुँह फिर से बनने लगा। सुरेश के माँ-बाप और उनके बच्चो में से किसी को ट्यूशन के बारे में कुछ नहीं पता था। सुरेश, कमला की पढ़ाने वाली किताबों को अपनी कैब के कागज़ो के साथ रखता था, और ट्यूशन से पहले कमला गाड़ी में ही पढ़ाने की तैयारी कर लेती थी।

हम सब जानते है कि हर वक्त सच नहीं बोला जा सकता इसलिए कभी-कभी हम झूठ बोल देते है और कभी-कभी सच को छुपा लेते है। इन दोनों परिस्थितियों में आगे वाले के पास पूरा सच नहीं पहुँच पाता। झूठ बोलने पर हमारे मन को यह पता होता है कि यदि आगे वाले को कहीं और

से सच पता चला तो भरोसा टूट जाएगा और एक बार जो भरोसा टुटा, तो जोड़ने के लिए बहुत से सच से होकर निकलना पड़ेगा।

सुरेश और कमला ने घर वालो से सच छुपाया था या झूठ बोला था यह तो नहीं मालूम, पर वो कमला को आगे बढ़ता देख बहुत खुश था, और जो नुक्सान सुरेश को उठाना पढता था, वो भी अब कमला के ट्यूशन पढ़ाने से पूरा हो जाता था। करीब दो महीने से ऊपर गुज़रे और वक्त का पता ही नहीं चला।

आज रविवार था और रविवार को ट्यूशन की छुट्टी रहती थी। सुरेश-कमला बच्चो के साथ इस दिन पार्क में जाते थे और इतना समय बीतने के बावजूद भी, कमला की आँखों में अभी भी वो डर दिख रहा था कि सुरेश माँ-बाप को सच क्यों नहीं बता रहा।

सुरेश अपनी कहानियों की दुनिया से वापिस आया और कमला से कहा -

"अब, क्या फर्क पढता है, सच बता दूँगा तो क्या पापा जी मान जाएंगे, बल्कि संभावना है कि नाराज होकर, हम दोनों को घर बैठा देंगे।"

"लेकिन, हम उनसे झूठ कब तक बोलेंगे, कब-तक उन्हें नहीं बताएंगे?" - कमला ने पूछा।

"पहली बात तो हमने अभी तक उनसे ऐसा कुछ बोला ही नहीं है, जो झूठ हो। वो जानते है सुरेश और कमला एक-दो घंटे के लिए बाहर जाते है ताकि कमला को थोड़ी देर घर के कामों से छुट्टी मिल सके।" और इसके बाद बात को वही खत्म करने के लिए सुरेश भी बच्चो के साथ खेलने में जुट गया।

कमला सुरेश से थोड़ा नाराज हुई, पर उसे कहीं-न-कहीं पता था कि आजादी उसका हक है और वो एक-दो घंटे की आजादी उसे अच्छी लगने लगी थी और यह सोचकर वो अपना दुःख कम कर लेती थी।

कभी-कभार ऐसा लगता है, इंसानों के बीच बातें न होती तो शायद इंसान बातों से आजाद होता, और अगर बातों से आजाद होता, तो सच और झूठ की इन परेशानियों से भी आजाद होता। न होती बातें, न होती

बातें छुपाने की कुछ वजह, इससे ज्यादा आजाद मन और कैसे हो सकता है।

मगर यहाँ पर सिर्फ़ कमला और सुरेश जानते थे कि उन्होंने बातें छुपाई है, दुनिया थोड़ी जानती है। करीब दो-तीन दिन बाद, जब कमला सुबह के समय, घर के बाहर कपड़े सुखा रही थी, तो एक बच्चा जो कमला की ट्यूशन क्लास में पढता था, बगल वाली गली से गुजर रहा था। कमला ने तो ध्यान नहीं दिया, मगर बच्चे ने दिल खोलकर कमला को - "Good Morning, mam" बोला। गली में कुछ लोगो ने कमला की ओर देखा। कमला ने सुनकर भी अनसुना करने की कोशिश की और वो बच्चा यह बोलकर चला गया।

अब कमला के अंदर सच छुपाने का डर और बड़ गया, न सुरेश से पूछने की जरुरत समझी न खुद को समझाने की, सीधा अपनी सास यानी सुरेश की माँ को जाकर, पिछले कुछ महीनों में जो हुआ सब बता दिया। यह पूरी कहानी सुनकर सुरेश की माँ का मुँह खुला का खुला रह गया। दो-तीन मिनट सोचने के बाद माँ ने कहा - "हिम्मत है, तुझमें और सुरेश में।"

"अब क्या करें, पापा जी को बताये?" कमला ने घबराकर पूछा।

"मर्जी है तुम्हारी, पर मुझे नहीं लगता सुरेश के पापा को यह पता चलना चाहिए, खाम-खाँ तुम्हारी आजादी छिन जायेगी।"

"कहीं और से पता चल गया तो?"

"चल गया तो चल गया पता और जैसा तुमने बताया वो क्या है 'अरटल 21', उस हिसाब से बेटा तुम जो कर रही हो वो सही कर रही हो। अब जब सुरेश के पापा को पता चलेगा, तो उन्हें भी इस 'अरटल 21' के बारे में बता देंगे, इसमें छुपाने वाली बात कौन सी है, तब तक जैसा चल रहा है चलने दो और मेरी तरफ से भी 'अरटल 21' का आनंद लो।" माँ ने अपनी तरफ़ से भी कमला को जीने के लिए कहते हुए बात को ख़त्म किया।

अब माँ की यह बात सुनकर कमला का मुँह खुला रह गया और घबराते हुए कमला ने उन्हें गले लगा लिया। माँ ने भी उसको तसल्ली दी और कुछ

देर के लिए वक़्त यूहीं थम गया। श्याम को जब सुरेश और कमला ट्यूशन के लिए जा रहे थे, तो कमला ने जो सुबह हुआ वो सब सुरेश को बता दिया। सब सुनकर सुरेश को भी थोड़ी घबराहट हुई, और उसके मुँह से भी एक दम से यही निकला - "अब क्या करना है फिर?"

कमला ने हँसकर जवाब दिया - "अब क्यों घबरा रहे हो, अब तुम्हारे ऊपर दो लोगो की आजादी की जिम्मेदारी है, एक मेरी और दूसरी तुम्हारी मम्मी जी की, तो जैसा चल रहा है चलने दो, जो होगा देखा जाएगा।"

सुरेश ने जब कमला के मुँह से बात सुनी तो उसका सर गर्व से ऊँचा हो गया। उसे यह अहसास हुआ की अब कमला अपनी आजादी की जिम्मेदारी लेना सीखती जा रही है, तो जैसा चल रहा है वैसा चलने दिया जाए, ताकि आगे चलकर कमला को आजाद जिंदगी जीने के लिए सुरेश की जरुरत न पड़े। यह सोचते-सोचते ट्यूशन सेंटर आ गया। सुरेश ने मुस्कुराकर कमला को "all the best" कहा और कमला ने सुरेश का हाथ पकड़ कर उसे भरोसा जताया की सब ठीक हो जाएगा।

अब सुरेश और कमला की जिंदगी में आगे क्या हुआ होगा, ये तो नहीं मालूम, मगर इस सच और झूठ के खेल में इतना मत उलझ जाना की उसके पीछे की छुपी हुई कहानियों को नजरअंदाज कर दिया जाए क्योंकि कुछ कहानियाँ झूठ पर बनती है, कुछ सच पर, और कुछ सच छुपाकर।

Love, Sex और Education

21 मार्च 2019, दिल्ली में श्याम करीब 7 बजे जब राहुल ने मेट्रो स्टेशन में एंट्री ली, तब उसने "URI:The Surgical Strike" का एक बड़ा सा पोस्टर देखा, जिसमे URI मूवी की बहुत ही जबरदस्त रेटिंग दिखाई हुई थी। उन दिनों विक्की कौशल बहुत फेमस हो गया था, या ये मान लीजिये उसने 'सक्सेस' की सीढ़ियों पर अभी कदम रखा था। उस पोस्टर में परेश रावल और यामी गौतम की भी तस्वीर थी। परेश रावल पर तो राहुल ने ज़्यादा ध्यान नहीं दिया, पर यामी गौतम को देखकर राहुल के चेहरे पर एक मुस्कान आ गयी।

अब फ़िल्में बनाने वाले भी क्या करे, जब-तक कोई सुन्दर हीरोइन का लालच न दिया जाए, तब-तक कुछ लोग फ़िल्में देखना पसंद ही नहीं करते। ऐसा लगभग हर फिल्म में किया जाता है, ताकि लड़के हीरोइन को देखने आये और लड़कियां हीरोइन जैसा बनने आये और अगर तब लोगो को फ़िल्म अच्छी लगी, तो वो फ़िल्म हिट होती जाती है और हीरो सक्सेसफुल हो जाता है, क्योंकि हीरोइन को तो शायद सिर्फ मार्केटिंग के लिए लिया होता है।

राहुल मेट्रो की सीढ़ियाँ चढ़ ही रहा था कि एक आदमी जोकि किसी दूसरे शहर से था, उसने राहुल से रास्ता पूछा। मेट्रो में अक्सर ऐसे लोग टकरा ही जाते है और वैसे भी दिल्ली मेट्रो में यात्रा करना नए लोगों के लिए इतना आसान नहीं होता। राहुल ने उस आदमी को अपने साथ-साथ चलने को कहा, ताकि वो उसको रास्ता दिखा सके। उस अजनबी आदमी को भी खुशी हुई की कोई उसकी इस अनजान शहर में मदद करने वाला मिला।

कभी-कभार अनजान को अपना, और अपनों को अनजान होने में समय नहीं लगता। राहुल ऐसे ही कुछ लोगो की मदद कर देता था और इस अजनबी को जिस स्टेशन पर उतरना था, वो राहुल के स्टेशन से तीन स्टेशन

आगे था। अब उस अजनबी को राहुल के साथ ही पूरा रास्ता काटना था, इसका मतलब यह नहीं की उस मेट्रो में कोई और नहीं था, मगर राहुल ने उसकी मदद की थी इसलिए राहुल के साथ ही थोड़ी बहुत बातें होने लगी।

सिर्फ पाँच मिनट के सफर में वो एक दूसरे के बारे में थोड़ा बहुत जान चुके थे, कि कौन क्या करता है और उसका क्या बैकग्राउंड है? राहुल ने अभी 'data-scientist' की इंटर्नशिप करना शुरू की थी और दूसरी तरफ़ वो अजनबी बहुत बढ़ी कंपनी में 'CA' था। राहुल की कुछ खास कमाई नहीं थी और वह आदमी करीब छह साल से पैसा कमा रहा था। बातों-बातों में पता चला की उस आदमी की उम्र 34 साल है और अभी तक उसने शादी नहीं की।

संदीप माहेश्वरी और डॉ. विवेक बिंद्रा की यूट्यूब वीडियो और लाइफ-स्टाइल को देखकर, राहुल के दिमाग़ में सक्सेस की नई-नई परिभाषाएँ बनती रहती थी और दूसरी तरफ़ वो अजनबी आराम की जिंदगी जी रहा था। राहुल को उससे थोड़ी सी जलन होने लगी। फिर राहुल ने जिज्ञासा में उस अजनबी से पूछा - "if you don't mind sir, can I ask a question?"

"ya, sure, पूछो"

"sir, आपने अब तक शादी क्यों नहीं की?, I know it's personal, sorry for that. आप जवाब नहीं देना चाहते तो कोई दिक्क़त नहीं है..." - राहुल फिर सिर खुजाते हुए सोचने लगा कहीं उसने गलती तो नहीं करदी यह पूछकर।

मगर राहुल भी क्या करे, राहुल और उस जैसे कई भारतवासियों के दिमाग में यह हमेशा रहता है कि अगर शादी नहीं की है, तो शायद 'सेक्स' भी न किया हो। जो जवाब राहुल सुनना चाहता था वो तो उसे नहीं मिला, पर राहुल के सामने एक नयी कहानी खुली।

उस अजनबी ने अपने बीती हुई जिंदगी के कुछ किस्से बताए, जिसमें उसके 3 ब्रेक-अप हुए थे, 4 शादियों के ऑफर रिजेक्ट हुए थे, जिसमे से 1

उसने रिजेक्ट किया था और 3 लड़की वालो ने। उस आदमी को यह तक याद नहीं था कि वो कितनी बार सेक्स कर चुका है। डेटिंग करना और थोड़ा समय संबंध में रहना, यह सब उसके लिए थोड़ा आम हो चूका था। वो अजनबी जब राहुल को यह कहानी सुना रहा था, राहुल को ऐसा लग रहा था कि वो कोई क्लाइमैक्स वाली फ़िल्म के बारे में सुन रहा है, जिसमे एक के बाद एक कुछ नया पता चल रहा है। फिर उस अजनबी ने भी राहुल से एक सवाल पूछा -

"तुम बताओ brother, how's is your relationship going on?"

राहुल वर्जिन था। वर्जिन आज कल के जमाने में एक ऐसा होना है, जैसे किसी ने भौतिक रूप से तो पैसा बहुत कमा लिया हो, मगर शारीरिक रूप से ग़रीब रह गया हो। यानी वो इंसान सक्सेसफुल तो हो गया है, मगर उसका सेक्स-फुलफिल अभी तक नहीं हुआ है।

राहुल तो बस थोड़ा बहुत इंटरनेट पर प्राइवेट विंडो खोल कर मजे ले लेता था। फ़िलहाल राहुल का पैसा कमाने पर ज्यादा फोकस था, कॉलेज टाइम पर उसकी गर्ल-फ्रेंड रही थी, मगर बात इतनी आगे नहीं बढ़ी थी की सेक्स तक पहुंचे। लेकिन राहुल एक बात सोचकर हैरान था कि जहाँ दुनिया में लड़कियाँ प्यार को बढ़ा-चढ़ाकर बोलती हैं, उसी दुनिया में अब तक उस अजनबी को वह प्यार, वह 'LOVE' क्यों नहीं मिल पाया। राहुल यह सवाल पूछने ही वाला था कि उस आदमी ने राहुल से पूछा - "तुम्हे कभी प्यार हुआ है?"

राहुल को कुछ समझ नहीं आया कि वह इसका क्या जवाब दे, मगर उसने अपनी कॉलेज वाली गर्ल-फ्रेंड के साथ जो अनुभव किया था, उसमें थोड़ा प्यार का ज़िक्र भी किया।

उस अजनबी ने राहुल की बातें सुनकर कुछ अपनी जिंदगी के कुछ और पत्ते खोले। कभी-कभी फ़िल्मों या इंटरनेट पर कुछ बातें इतनी दिखवाई नहीं देती, जितना लोगो के भीतर छुपी होती है। उस आदमी ने राहुल को अपने प्यार के अहसास के बारे में बताया, जिसमे उसकी एक कलीग थी,

और वो दोनों एक दूसरे का खूब ध्यान रखते थे, मगर उनके बीच 'सेक्स' जैसा कभी कुछ नहीं हुआ था। फिर उसने बताया की वो जब चाचा बना था, तब उसकी भतीजी के साथ, हँसते खेलते हुए पल उसे बहुत अच्छे लगते थे। और ऐसी कई कहानियाँ बताई, जहा शायद फिल्मी दुनिया का नामो निशान तक नहीं था।

राहुल ने फिर जिज्ञासा पूर्वक पूछा - "क्या आपको कभी अपने relationships में प्यार का अहसास नहीं हुआ?"

अजनबी ने राहुल के कंधे पर सहलाते हुए कहा - "यार तुम बच्चे लोग बिना सेक्स वाले relationships को seriously क्यों नहीं लेते। हमारी education system ने पहले ही बहुत बेड़ा गर्क कर रखा है, थोड़ा लोगो की कहानियों से सीखो और समझने की कोशिश करो कि मैं तुम्हे क्या कहना चाह रहा हूँ। Don't confuse love with sex."

इतने में राहुल का स्टेशन आ गया और उसने अजनबी को अलविदा किया और दोनों मुस्कुराते हुए एक दूसरे से फिर अजनबी हो गए। राहुल ने कुछ समय तो उस अजनबी की बातों पर गौर किया मगर फिर वो वापिस अपनी जिंदगी में कहीं खो गया।

वो क्या है ना, हमारे दिमाग में कुछ बातें इस तरीके से बैठा दी गई होती हैं कि जब सच सामने आता है, तब वही सच अस्थिर या झूठ नज़र आने लगता है। राहुल के दिमाग की कंडीशनिंग भी कुछ ऐसी ही हो गई थी। बॉलीवुड की रोमांटिक फ़िल्मे देखकर और असल दुनिया की कहानियों में वो हमेशा उलझ कर रह जाता था।

कुछ समय बाद राहुल की इंटर्नशिप अब परमानेंट नौकरी बन चुकी थी। सैलरी भी जितनी वो चाहता था उससे थोड़ी ज्यादा थी, यानी फिलहाल के लिए उसकी सक्सेस की परिभाषा पूरी हो चुकी थी। मगर प्यार के लिए राहुल अभी भी तरसता था या फिर सेक्स के लिए, यह तो राहुल ही बता सकता था।

उस अजनबी से मुलाक़ात के करीब 6 महीने बाद, 19 September 2019 को राहुल जब ऑफिस से घर लौट रहा था, तब तक मेट्रो में 'URI'

फ़िल्म का पोस्टर 'Chhichhore' फ़िल्म में बदल चूका था। उस समय यह फिल्म भी सिनेमा में धूम मचा रही थी। अबकी बार सुशांत सिंह राजपूत लोगो की नजरों में सक्सेसफुल था। 'Chhichhore' फ़िल्म में कई अन्य कलाकार भी थे, और इस फ़िल्म ने गहरी दोस्ती की नई मिसाल भी बनाई थी। राहुल पोस्टर को देख ही रहा था कि इतने में एक आदमी ने उससे मेट्रो स्टेशन का रास्ता पूछा। राहुल ने उसकी बात सुनकर उसे रास्ता बताना शुरू किया, जैसे राहुल हमेशा करता था।

इस अजनबी आदमी का स्टेशन राहुल के स्टेशन से 5 स्टेशन आगे था। यह अजनबी बहुत ही छोटे से जिले से आया था, कपड़े पुराने से थे, दांतों से पता चल रहा था कि तम्बाकू खाता होगा और शरीर से पतला होने के बावजूद उसमे खूब जान थी। ज्यादातर हम लोग, लोगों को उनके तजुर्बों से ज़्यादा, उनके कपड़ों या फिर शारीरिक दिखावे से परखने लग जाते हैं, मगर यह भूल जाते हैं कि वे भी एक इंसान ही होते हैं।

राहुल अपने आपको अजनबी से रिलेट नहीं कर पा रहा था, तो कुछ बात ही नहीं हो पा रही थी। उस अजनबी ने राहुल से खुश होकर उसके बारे में जनाना चाहा, तो राहुल ने कम ही शब्दों में बताना शुरू किया। राहुल के दिमाग में उस अजनबी को देखकर, क्राइम वाली फ़िल्मों के लोग आने लगे थे। इसी वजह से राहुल उससे खुलकर बात नहीं कर पा रहा था। लेकिन वो अजनबी राहुल से एक दम खुलकर बात कर रहा था।

वो अजनबी एक कार मैकेनिक था, करीब पाँच साल से वो इस धंदे में था। पहले उसने किसी के नीचे काम सीखना शुरू किया था। फिर कुछ समय बाद थोड़ा पैसा जोड़कर अपनी छोटी-सी जगह पर कार मैकेनिक का काम खोल लिया था और उसने अपने साथ दो बंदे भी रखे हुए थे। उसने राहुल को अपने फ़ोन में कार रिपेयरिंग के कुछ पार्ट भी दिखाए और यह बताया की कितने धक्के खाकर वो यहाँ तक पहुंचा है। राहुल को उस अजनबी आदमी की मेहनत के आगे, अपनी 'सक्सेस स्टोरी' फीकी सी लग रही थी। राहुल बस वाह, वाह करता रहा, जैसे उसके सामने कोई उसे ग़ज़ल सुना रहा हो।

फिर उस अजनबी ने राहुल से पूछा - "और भैया जी आप बताओ, शादी हुआ क्या आपका?"

"नहीं, भैया, अभी तो बस नौकरी शुरू की है।" राहुल ने बेमन से जवाब दिया।

"कोई महिला-मित्र नहीं है का?" अजनबी ने मुस्कराते हुए राहुल से पूछा।

"कभी थी..." यह बोलते ही राहुल के भी चेहरे पर मुस्कान आ गई।

अब राहुल को थोड़ा अनकम्फर्टेबल सा लगने लगा क्योंकि उसके बाद वो अजनबी अपनी पुरानी महिला-मित्र के बारे में बताने लगा, जिसे वो जी जान से चाहता था, और उस अजनबी के पिता ने फिर उसकी शादी किसी और से करा दी। आज भी वो महिला-मित्र उस अजनबी से मिलती रहती है। यह सब सुनकर, राहुल के मन में बहुत से सवाल खड़े हुए, मगर सिर्फ एक ही पूछ पाया - "क्या आपकी बीवी यह सब जानती है?"

"ना भैया जी, मरवाओगे क्या, ऐसा कभी ना हो।" उस अजनबी ने दोनों कानो पर हाथ रखकर शुभ-शुभ सोचने को कहा और आगे कहानी सुनाने लगा कि उसे कोई दुःख भी नहीं की उसने छुपाया है। वो अपनी बीवी के साथ भी खुश रहता था और उसका एक बेटा भी था, जिसको वो जी-जान से प्यार करता था।

राहुल को उस अजनबी की कहानी सुनकर प्यार थोड़ा और उलझा-सा लगने लगा। उसमें वह अजनबी घरवालों के साथ भी खुश था और बाहरवाली के साथ भी समय बिताता था। कुछ देर बाद बातों-बातों में पता चला कि जो प्यार वह घरवालों से करता था, वह बाहरवाली से थोड़ा अलग था।

बात यह थी कि बाहर उसके एक-दो अफेयर चल रहे थे, और उसमे जब भी वो शारिरिक संबंध बनाता था यानी सेक्स करता था, उसे वो प्यार ही कहता था। यह सब सुनकर अब राहुल के सिर में दर्द होने लगा। उसको उस अजनबी की कहानी, 'एडल्ट फ़िल्म' की कहानी जैसी लग रही थी। राहुल के लिए LOVE की परिभाषा इतनी कन्फ्यूज़िंग हो चुकी थी कि

उसके पास बात करने के लिए कोई शब्द नहीं था। अजनबी ने फिर राहुल से पूछा की उसने कभी प्यार किया है?

राहुल को अब कुछ समझ नहीं आ रहा था कि वो परिवार वाले प्यार की बात कर रहा है, दोस्तों वाले प्यार की बात कर रहा है या फिर सेक्स की बात कर रहा है? और उसने "हाँ" बोला या "ना" उसे खुद पता नहीं चला।

वो अजनबी इतना बेवकूफ भी नहीं था कि राहुल की भावनाओं को समझ नहीं सके। उसने उससे खुलके कहा - "भैया जी, कभी कोई मदद चाहिए हो तो बताना, सबको प्यार की जरूरत होती है..."

राहुल को फिर कुछ समझ नहीं आया की किस चीज में मदद। इतने में राहुल का स्टेशन आ गया, राहुल के अंदर थोड़ी घबराहट थी, फिर भी चेहरे पर थोड़ी मुस्कराहट के साथ उसने उस अजनबी को अलविदा करके फिर से अजनबी कर दिया। जब वो मेट्रो के गेट के बाहर निकला तो उसे फिर से "Chhichhore" का पोस्टर लगा देखा, जिसमे श्रद्धा कपूर को देखकर उसे अपनी गर्ल फ्रेंड की याद आयी और बाकी किरदारों को देख कर अपने दोस्तों की याद आयी।

दुनिया के बाकी देशों का तो पता नहीं, लेकिन अगर भारत देश की बात की जाए तो वो 'Sex Education' में काफी पीछे छूट गया है। अगर इंसान को फिर से जानवरों के वर्ग में डाल दिया जाए तो सेक्स करना उनके लिए बहुत आम बात हो जाती है, मगर जैसे ही इंसानी दिमाग बीच में आ जाता है, तो 'LOVE' और 'SEX' को अपनी जिंदगी की 'Success Story' में डालने की कोशिश करता है। राहुल जैसे कितने और लोग है, जो इन कहानियों को गंभीरता से लेकर जिंदगी की छोटी-छोटी बातों में फंसे रह जाते है।

'Success Stories' दुनिया की दी हुई कहानियों में से सिर्फ कुछ कहानियाँ है। मगर 'LOVE' और 'SEX' का 'Success story' से कोई लेना देना नहीं। अब चाहे वो कोई बढ़ा 'CA' हो या फिर कोई छोटा सा कार मैकेनिक, वो चीज सबके लिए एक जैसी रहती है। बाकी इस इंसानी

मन पर है कि किसको कितनी भूख है? लेकिन अगर ऐसे ही भूख बढ़ती गयी तो, लोग शायद सिर्फ प्यार से संतुष्ट नहीं होंगे, और भारत में 'affair' और 'one night stand' और तेजी से बढ़ने के आसार रहेंगे। Love, Success और Sex यानी प्यार, कामयाबी और शारीरिक संबंध को अलग-अलग देखना ही मन में थोड़ा ठहराव ला सकता है।

जानवरों की दुनिया में सेक्स करना उनके शरीर की संतुष्टि का एक हिस्सा होता है, कोई कामयाबी नहीं। अगर वो शारिरिक संबंध (सेक्स) ठीक से होता है, तो कुछ नए जीवन के जन्म लेने की संभावना बढ़ जाती है। मगर प्यार की भावना तो जानवरों में पहले से ही होती है, तभी शायद हम पालतू जानवरों के साथ अपनी प्यार भरी भावनाएँ बड़े आराम से जाहिर कर लेते हैं।

हम सभी के अंदर प्यार की भावना होती है, जिसे गिना नहीं जा सकता, जिस पर सवाल नहीं किया जा सकता, और जिसे 'SEX' का नाम देकर बार-बार दोहराया नहीं जा सकता। हमें अपने मन और शरीर के बीच के इस संबंध को समझना होगा, नहीं तो हम राहुल की तरह इस कन्फ्यूज दुनिया में घूमते रहेंगे और लोग हमें कन्फ्यूज करते रहेंगे।

लुका-छुपी

शौर्य, जोकि दिसंबर की ठंडी हवाओं से काँप रहा था या बुखार से कुछ कहा नहीं जा सकता। उसकी मम्मी उसके लिए रसोई में काढ़ा बना रही थी ताकि उसका बुखार जल्दी से उतर सके। करीब दो दिन पहले शौर्य की मेडिकल रिपोर्ट के लिए घर से ही उसका ब्लड कलेक्ट किया गया था और उसी की रिपोर्ट्स का इंतज़ार शौर्य के माँ-बाप कर रहे थे।

शौर्य को पिछले एक हफ़्ते से कभी बुखार चढ़ रहा था तो कभी उतर रहा था। वैसे तो यह शौर्य के साथ ही नहीं हो रहा था बल्कि, घर के आस-पास के सभी लोगो के साथ हो रहा था, किसी को ज़्यादा तो किसी को कम। डॉक्टर इतने ज़्यादा व्यस्त थे कि वो हर किसी का इलाज नहीं कर सकते थे इसलिए 'ऑनलाइन कंसल्टेशन' से ही थोड़ा बहुत काम चलाना पढ़ रहा था।

दिसंबर 2020, पूरी दुनिया में करीब 18 लाख लोगो की मौत हो चुकी थी। कहा जा रहा था कि करीब 100 साल बाद ऐसी कोई महा-मारी आई है, जिसने पूरी दुनिया को फिर से हिला कर रख दिया है। जहाँ 'COVID-19' का पहला वेरिएंट शांत नहीं हुआ था और उसकी वैक्सीन ढंग से बनी भी नहीं थी, दूसरा वेरिएंट अपना उत्पात मचा रहा था। पहले वेरिएंट के शांत होने के बाद, भारत में लोग फिर से आराम से घूमने लगे थे। लोगो का अब घर पर बैठ कर लुका-छुपी खेलने का बिल्कुल मन नहीं करता था। मास्क तो जैसे शरीर का एक हिस्सा बन चुका था। मगर मास्क होते हुए भी, मास्क की किसी को कदर नहीं थी, जैसे कभी-कभी लोगो का शरीर होते हुए लोगो को उसकी कदर नहीं होती।

शौर्य की रिपोर्ट्स आ चुकी थी, जिसका नतीजा सबको पता था फिर भी दिल की तसल्ली के लिए टेस्ट करवा लिए थे। रिपोर्ट्स पॉजिटिव थी। दवाइयों के नाम बिल्डिंग के सिक्योरिटी गार्ड को भी पता था, तो डॉक्टर की कुछ ज़्यादा खास जरूरत पढ़ती नहीं थी।

"अब क्या करना है?" शौर्य की मम्मी ने पूछा।

"कुछ नहीं हुआ है शौर्य को, अगर उसको COVID है तो हमे भी है। उसको डराने की कोई जरूरत नहीं है।" शौर्य के पापा ने जवाब दिया।

"पर वो भी बेचैनी से रिपोर्ट्स का इंतज़ार कर रहा है। अभी तो फ़िलहाल वो सो रहा है फिर भी उठकर पूछेगा जरूर। फिर क्या कहना है?" शौर्य की मम्मी ने वही सवाल दूसरे तरीके से पूछा।

"मैंने कहा ना, उसको COVID नहीं है। दवाईयां तुम्हें पता है ना, बस वही खिलाना जारी रखेंगे। तीन-चार दिन में फ़र्क़ दिखने लगेगा, बच्चा है जल्दी ठीक हो जाएगा।" शौर्य के पापा ने उसकी मम्मी और शायद आपने आप को भी तसल्ली देते हुए कहा, और यह कहने के बाद वो बालकनी में चले गए।

बालकनी से सोसाइटी का बहुत बड़ा मैदान नज़र आ रहा था, जिसमें सिर्फ़ कुछ लोग ही दिखाई दे रहे थे। करीब एक साल पहले वहीं मेला लगा करता था। महामारी के कारण वैसा मेला फिर से कब लगेगा, इसकी किसी को कोई खबर नहीं थी।

इतने में शौर्य ने अंदर से आवाज़ लगाई - "पापा... मम्मी... ठंड लग रही है।" और फिर मम्मी-पापा शौर्य के कमरे में पहुँचे, मम्मी शौर्य के लिए बनाया हुआ काढ़ा लेकर आई थी। शौर्य ने काढ़े को देखकर मुंह बना लिया और कहा - "मैं नहीं पी रहा ये, बहुत कड़वा होता है।"

"अरे पी ले शौर्य, फिर एक Good News देता हूँ" पापा ने समझाते हुए कहा।

"नहीं पहले Good News", "नहीं पहले काढ़ा", "पहले Good News", "पहले काढ़ा"

शौर्य ने कमजोरी के चक्कर में हार जल्दी मान ली, नहीं तो बच्चो में जिद्द करने की शक्ति तो बड़ो से कहीं गुनाह ज़्यादा होती है। फिर उसने काढ़ा पी लिया।

"अब तो बताओ Good News"

"तुम्हारी रिपोर्ट्स आ गई है, तुम्हें COVID नहीं है, इसलिए तुम जैसे-जैसे ठीक होगे, वैसे-वैसे पूरे घर में आराम से घूम सकते हो।" पापा ने शौर्य को तसल्ली देते हुए कहा।

"मगर इसको इसी कमरे में रहने दोना" मम्मी ने घबराते हुए कहा, "इधर उधर जाएगा ठंड लग जाएगी और फिर जल्दी ठीक नहीं होगा।"

शौर्य का मम्मी की बात सुनकर मुँह बन गया। इतने में पापा ने कहा - "अरे, धीरे-धीरे जाएगा कमरे से बाहर, नार्मल वायरल ही तो हुआ है, क्यों बाँध कर रखना। हाँ, लेकिन एक बात याद रखना शौर्य, मास्क घर पर भी लगाना। शरीर में कमजोरी है, तो COVID भी हो सकता है।" पापा ने समझाते हुए कहा और शौर्य ने सिर्फ़ हाँ में गर्दन हिला कर जवाब दिया।

कुछ देर बाद रात हो गई। शौर्य थोड़ा-बहुत खाना खाकर और दवाई लेकर सोने लगा। तब उसके पापा ने हिम्मत जुटाई, अपने मन को समझाया और मास्क लगाकर उसके पास सोने आ गए, ताकि उसका ध्यान रख सकें। माँ-बाप में भी कमाल का टैलेंट होता है, वे बच्चों के लिए अपनी जान, या कह लीजिए अपनी पूरी ज़िंदगी का रुख बदलने को भी तैयार हो जाते हैं।

"पापा आपने मास्क क्यों पहना है? आप झूठ तो नहीं बोल रहे? मुझे COVID तो नहीं है ना?"

"अरे तुम्हें सर्दी-खाँसी हैं, मुझे भी तो हो सकती है, इसलिए बस" और फिर पापा शौर्य के पास आकर सो गए। दूसरे कमरे में शौर्य की मम्मी का डर बढ़ने लगा था, क्योंकि COVID बड़ों के लिए ज़्यादा जानलेवा था, छोटों के लिए इतना नहीं।

अगली सुबह, करीब 9 बजे, सर्दी का सूरज थोड़ी-सी गर्मी लेकर बादलों के पीछे से बाहर निकला। शौर्य का बुखार पहले से बेहतर था, और COVID को लेकर उसका डर अब पिछले दिनों से कम था। शौर्य के पापा, शौर्य को पूरी तरह से सर्दियों के कपड़ो में पैक करके, बालकनी में ले आए और कहा, थोड़ी देर यहाँ पर धूप खाओ, शरीर को आराम मिलेगा और बगल में ख़ुद भी बैठ कर धूप सेकने लगे।

शौर्य की नींद धीरे-धीरे टूट रही थी। थोड़ी और नींद तोड़ने के लिए पापा ने बातचीत शुरू की - "पता नहीं यार तुम लोगो के स्कूल कब खुलेंगे और कब तुम अपनी मस्ती भरी दुनिया में फिर से जाओगे। पूरा दिन घर पर बस ऑनलाइन गेम खेलते रहते हो और बीमार होते रहते हो।"

"नहीं पापा ऐसा नहीं है, मजा आता है।" शौर्य अपनी बात पूरी कर ही रहा था कि उसे खाँसी आ गई।

"क्या मजा आता है तुम लोगो को, अपनी हालत देखी है। मुझे देखो, मुझे तो नहीं हुआ कुछ। बच्चों के लिए बचपन उनके शरीर के लिए सबसे बढ़ा ख़ज़ाना होता है, यह बात अपने दिमाग़ में रखना शौर्य।"

"मगर, पापा कोई खेलने भी तो आए, सब ऑनलाइन ही खेलते है।" शौर्य ने मुँह बताने हुए कहा। इतने में पापा ने बालकनी से शौर्य को एक बच्चे को खेलते हुए दिखाया, जिसने मास्क लगा रखा था, और वो अकेला था।यहाँ उसकी एक दोस्त, फुटबॉल, उसके साथ खेलने के लिए वहाँ थी, और वह उसे दीवार पर बार-बार मारकर अभ्यास कर रहा था। शौर्य के पापा को यह देखकर अपने दिन याद आ गए, जब वो भी छुट्टियों का भरपूर मजा लिया करते थे।

मानो या न मानो, गर्मियों की छुट्टियाँ, हो या सदियों की, बच्चो के लिए खजाना होती है। अलग-अलग बच्चे अलग-अलग चीजों में अपनी इन छुट्टियों को गुजार देते है। कोई बच्चा इन छुट्टियों में अपना सिलेबस खत्म कर लेता है, कोई बच्चा नए-नए खेल सीखता है और कोई बच्चा घर में पड़े-पड़े टीवी देखते हुए दिन बर्बाद कर देता है। यही मस्ती भरी छुट्टियाँ ही उनकी आगे आने वाली जिंदगी का रुख बदलती है। इन छुटियो में स्कूल की कोई रोक-टोक नहीं होती, सिर्फ पूरे दिन को कैसे बिताना है, यह बच्चो के हाथ में होता है।

"चलो मैं तुम्हें अपने बचपन की छुट्टियों के बारे में बताता हूँ।" शौर्य को बताते हुए उसके पापा के अंदर एक जोश सा दिखने लगा। शौर्य के पास ज़्यादा कुछ करने को था नहीं तो वो पापा की कहानी ही सुनने लगा।

"मेरे समय में दिल्ली के पीतमपुरा इलाके की एक सोसाइटी की बात है, जहाँ पर एक अमन नाम का लड़का रहता था। उसके पापा की 'कप मेकिंग' की फैक्ट्री थी और बहुत बड़े बिजनेसमैन थे। अमन बहुत आलसी था और लाडला भी। अगर वो स्कूल न जाता होता तो शायद रोज ही 11 बजे उठता। वो खाता-पीता लड़का था, लेकिन उसी के साथ-साथ कुछ खेलो में उसका आत्मविश्वास बहुत अच्छा था। अमन का एक बहुत खास दोस्त था, चिराग। चिराग अमन से स्वस्थ था, मगर चिराग के पापा कोई बिजनेसमैन नहीं थे, बस एक सरकारी नौकरी में काम करते थे। वो भी अमन के साथ रह-रहकर कई खेल खेलने में अच्छा हो गया था और उन दोनों के साथ सोसाइटी के कुछ और बच्चे भी थे। पर ये दोनों ही उस सोसाइटी के बच्चों को लीड करते थे।"

"उस साल मैं उस सोसाइटी में नया-नया गया था। मैं बहुत साधारण, बहुत शांत, और किसी भी चीज में कुछ ज़्यादा खास नहीं था, जैसे तुम शांत तो नहीं हो, मगर अभी फ़िलहाल किसी भी चीज़ में खास नहीं हो।" यह बात सुनते ही शौर्य ने मुँह बनाते हुए पापा को देखा, और पापा फिर हँसकर आगे कहानी सुनाने लगे।

"कुछ वक्त लगा मुझे उस सोसाइटी में ढलने में और उसके बाद आखिरकार अमन और चिराग के साथ मेरी बातें होने लगी। मेरी चिराग के साथ बहुत बनती थी क्योंकि चिराग हर चीज में मेरा हौसला बढ़ाता था। हम वहाँ बहुत से खेल खेलते थे, जैसे क्रिकेट, फुटबॉल, पीथु-गरम, लुका-छुपी आदि, बढ़ा मजा आता था। और एक मजेदार बात, अमन को 'पॉकेट मनी' में उस समय करीब 200 रूपए मिलते थे।"

यह सुनकर शौर्य का मुँह खुला रह गया, क्योंकि आज के समय में उसकी लगभग इतनी ही 'पॉकेट मनी' थी। फिर उसके पापा ने उसका मुँह बंद किया और आगे कहानी सुनाने लगे।

"चिराग और मुझे 10-20 रुपये मिल भी जाये तो बहुत बढ़ी बात होती थी। अब अमन के पास पैसा था तो वो सट्टा भी खूब लगाता था।"

"सट्टा मतलब betting, right?" शौर्य ने कन्फर्म किया।

"हाँ betting मतलब सट्टा, वो हर खेल को सट्टे की तरह लेता था। क्रिकेट में तो बिना सट्टे के उसे मज़ा ही नहीं आता था। उसने खेलो को भी धंधा समझ रखा था। जीत-हार में पैसों का फायदा या नुकसान न हो तो मेहनत करने का क्या फायदा। जैसे आज कल की गेम्स में 'coins' दे देते है तो तुम लोग 'coins' इक्कठे करने के चक्कर में गेम्स पूरा दिन खेलते रहते हो, वैसे ही कुछ अमन करता था।"

"हाँ, पापा उसके बिना मजा ही नहीं आता ना, आप नहीं समझोगे इन चीज़ो को।" शौर्य ने गर्दन हिलाते हुए कहा।

"हाँ, हम नहीं समझेंगे क्योंकि हमारा शायद खेलने का तरीका अलग हुआ करता था। मगर ताज्जुब की बात ये थी कि यही आदत चिराग और कुछ बच्चो में भी आ गई थी। दूसरी तरफ़ मैं हर खेल को खेलने में अपनी जान लगा देता था।"

"सोसाइटी के खेलो में सिर्फ ज्यादातर क्रिकेट ही ऐसा खेल था जिसमें सट्टा लग सकता था, और जो बच्चे सट्टे लगाते थे वो पहली बैटिंग और बोलिंग के हकदार होते थे। यानी कि मेरे को हर बार आख़िरी में बारी मिलती थी। लेकिन में कुछ कर नहीं सकता था, तो आखिरी वक्त तक का इंतजार करता था।"

"पापा, हम पहले से ही बहुत ग़रीब है क्या?" शौर्य ने हँसते हुए और पापा से मजे लेते हुए पूछा।

"ग़रीबी का तो पता नहीं मगर, कभी-कभी, मैं उनकी टीम को बिना पैसों के लालच में भी आखिरी वक्त में भी जिता देता था और ये सब करने से मेरा confidence बहुत बढ़ जाता था।"

"हम्म..." शौर्य ने तब मन ही मन में शायद अपने पापा के लिए गर्व महसूस किया।

"अमन के लिए दिक्क़त की बात ये थी कि अब जिस खेल में सट्टा नहीं उस खेल में अमन नहीं। मगर चिराग कोशिश करता था कि दूसरे खेल भी खेले। मुझे भी चिराग का साथ देना पसंद था, लेकिन अमन सोचता था कि खाली रहकर वो क्या करेगा, तो चिराग को अपने साथ टाइम-पास के लिए

रखता था। अब दोस्त तो चिराग मेरा भी था, मगर चिराग पुरानी दोस्ती को ज्यादा जरूरी समझता था। जब हमारे पास कुछ खास खेलने को नहीं होता था, तो हम सब लुका-छिपी खेला करते थे।"

"लुका-छुपी एक ऐसा खेल है, जिसमे जिसकी बारी छुपने की उसके लिए तो मजे है। अगर डैन है ढूंढने की तो वो बेचारा घबराया रहता है कि पता नहीं सबको ढूंढ पायेगा या नहीं। इसमें जितने ज्यादा बच्चे होते है उतना ज्यादा खतरा बढ़ता जाता है। सबको ढूंढना जरूरी है और एक ने भी धप्पा कर दिया तो फिर से डैन देनी पड़ेगी। तो हर कोई डैन देने से बचता था।"

"Wow, पापा यह तो बहुत interesting गेम है, हमारे मोबाइल में भी ऐसी गेम्स होती है, मगर real में खेलने में तो बहुत मज़ा आता होगा न?" शौर्य का बुखार शायद अब ज़्यादा ही उतर गया था।

"हाँ, हमे तो आता था मगर, अमन का इस खेल में बिलकुल मन नहीं लगता था। न पैसा लगा सकते है और डैन देने पर भी खाली-पीली मेहनत और करो। लेकिन चिराग ऐसा नहीं था। वो बहुत फुर्तीला, समझदार और सोचकर कदम रखने वालो में से था। डैन देना उसे भी पसंद नहीं थी, लेकिन वो डरता भी नहीं था। जहाँ तक मुझे याद है, चिराग की एक बढ़ी बहन थी, जो उससे हमेशा लड़ती रहती थी। लेकिन फिर उन दोनों में भाई-बहन वाला प्यार भी बहुत था, जब भी चिराग का हौसला फीका पढ़ता था, तो उसकी बहन उसको cheer करती थी।"

"बात रही मेरी, मुझे तो बहुत डर लगता था कि मेरी डैन न आ जाए। लुका-छिपी में जो सबसे पहले पकड़ा जाता, उसकी डैन आती, और मैं थोड़ा इस खेल में नासमझ भी था, तो मैं छुपने में भी कुछ खास नहीं था। मगर न जाने क्यों चिराग को मेरे ऊपर भरोसा था। जब मेरी डैन आती तो चिराग मुझे कभी पहले धप्पा नहीं करता, मैंने नोटिस किया था कि वो आखिर तक इंतजार करता। चिराग शायद जान गया था कि मैं थोड़ा बेवक़ूफ़ हूँ, मगर हूँ तो उनकी तरह ही। चिराग की बहन जैसे उसको cheer करती थी, वैसे ही चिराग कभी-कभी मेरा बड़ा भाई बनकर मुझे

cheer करता था। चिराग चाहे मेरा खास दोस्त नहीं था, लेकिन उसकी यह खासियत बाकी बच्चो का भी हौसला बढ़ाती थी, और बाकी बच्चो के प्रति भी उसका सम्मान अच्छा था।"

"अमन का हौसला पैसा बढ़ाता था और यह मान लो बाकी बच्चो का हौसला चिराग जैसे कुछ दोस्त बढ़ाते थे। अमन के लिए खेल एक धंधा सा था। हमारे लिए यह बचपन के कुछ खेल ही, हमारी आगे आने वाली जिंदगी की परेशानियों को भी खेल की तरह देखना सीखा देते है। चाहे हम कितना भी पैसा कमा ले लेकिन पैसा कोई मुफ्त में नहीं बाँटता, मगर हौसला मुफ्त में बढ़ाया जा सकता है।"

"इसलिए मैं अपने वो दिन बहुत याद करता हूँ, जिसमे हम स्कूल की उन छुट्टियों में खूब चीज़ें सीखते थे और पूरा-पूरा दिन मस्ती करते थे। दुख होता है मुझे आज के बच्चों को देखकर, जो शायद अपने शरीर के साथ क्या कर रहे है, उनको ख़ुद नहीं पता।" पापा ने उँगलियों को अपनी आँखों पर फेरते हुए कहानी समाप्त की।

"मगर पापा, COVID में हम कर भी क्या सकते है, बाहर भी तो नहीं जा सकते।" शौर्य ने सोचते हुए कहा।

"मैं तुम्हें दोष नहीं दे रहा हूँ, शौर्य, मैं तो तुम्हारे को ऐसे दोस्त बनाने की सलाह दे रहा हूँ कि जो तुम्हारा आगे चलकर हौसला बढ़ाये और आगे आने वाली ज़िंदगी के लिए तैयार कराए। ऐसी बीमारियां पता नहीं और ना जाने कितनी आयेगी आगे चलकर। मगर तुम्हें इनसे लड़ना सीखना होगा, ताकि तुम्हें कोई धप्पा न कर पाये और तुम अपनी मुश्किलों का सामना ख़ुद कर सको।"

शौर्य ने ये बात सुनकर, कुछ नहीं कहा और उस बच्चे की तरफ़ देखने लगा जो मैदान में फुटबॉल के साथ खेलकर, इतनी ठंड होते हुए भी पसीने-पसीने हो चुका था। शौर्य उसके पसीने को देखकर अपने पसीनों को भी महसूस करने लगा, जो यह अंदाज़ा दे रहा था कि थोड़ा बुखार और उतर चुका है। अब शौर्य को बस यह तय करना था कि COVID की इस लुका-

छुपी से वह कब बाहर निकले और अपनी ज़िंदगी की असली लुका-छुपी खेल पाए।

एक छोटी-सी बात और...

आप सभी पाठकों का दिल से धन्यवाद।

यदि आप इस पुस्तक के बारे में कोई सुझाव देना चाहते हैं, तो कृपया मुझे नीचे दिए गए ईमेल पर लिख सकते हैं, ताकि मैं इस किताब को आने वाले पाठकों के लिए और बेहतर बना सकूँ।

यदि आपको यह पुस्तक पसंद आई हो, तो कृपया उस प्लेटफॉर्म पर इसका रिव्यू अवश्य दें, जहाँ से आपने इसे ऑनलाइन खरीदा है। अगर आपने इसे किसी दुकान से खरीदा है, तो आप Amazon पर भी अपना रिव्यू साझा कर सकते हैं।

एक और बात आपसे कहना चाहूँगा, यदि आप इन कहानियों से संबंधित कोई मनोविज्ञान से जुड़ा सवाल पूछना चाहते हैं, तो नीचे दिए गए ईमेल पर पूछ सकते हैं। मुझे आपके सवालों का जवाब देने में बेहद खुशी होगी।

Have a great life ahead.
दीपांशु
ईमेल: ideepanshu9@gmail.com

www.ingramcontent.com/pod-product-compliance
Lightning Source LLC
LaVergne TN
LVHW100320210926
848480LV00003B/1193
* 9 7 9 8 9 0 3 4 2 5 2 1 1 *